致终将被颠覆的年华

陈旭光 著

九 州 出 版 社
JIUZHOUPRESS

图书在版编目（CIP）数据

致终将被颠覆的年华／陈旭光著 . -- 北京：九州
出版社，2019.7

ISBN 978 - 7 - 5108 - 8231 - 9

Ⅰ . ①致… Ⅱ . ①陈… Ⅲ . ①散文集—中国—当代②
诗集—中国—当代 Ⅳ . ①I217. 2

中国版本图书馆 CIP 数据核字（2019）第 168714 号

致终将被颠覆的年华

作　　者	陈旭光　著
出版发行	九州出版社
地　　址	北京市西城区阜外大街甲 35 号（100037）
发行电话	（010）68992190/3/5/6
网　　址	www. jiuzhoupress. com
电子信箱	jiuzhou@ jiuzhoupress. com
印　　刷	三河市华东印刷有限公司
开　　本	710 毫米×1000 毫米　16 开
印　　张	14. 5
字　　数	187 千字
版　　次	2020 年 1 月第 1 版
印　　次	2020 年 1 月第 1 次印刷
书　　号	ISBN 978 - 7 - 5108 - 8231 - 9
定　　价	58. 00 元

序

　　这个世界上没有真正的摆渡人，却有很多心魔盘旋在属于青春符号的缝隙里。倘若现在给你个任务，去帮书中的角色走过无底悬崖，你敢接受吗？

　　其实，我不能算是真正意义上的作家，我只是一位关于年华的记录者。故事记录了大家在青春都会遇到的无助与失措，还有在面对金钱与权力的时候所展现出来的欲望。

　　接下来，故事开始，随我入念，希望有幸聚齐你的喜怒哀乐。贯穿年华，似是有意，让我们共同颠覆那场悔之约。

目 录
CONTENTS

第一章　年华未醒，你我皆醉

在这璀璨的金色年华里，我们都如同钻石般散发光芒，尽情愉悦地荡漾在曲折漂离的空间里，痛并快乐地尽情享受着。

被火花燃烧的玫瑰一定很美，在深夜。聚焦的眼眸凝视着，看着它逐渐消失，毁灭。

沉入这耀眼的视觉里，真实，焦灼，颤抖，崩溃，全都汹涌且有预谋地呼啸而来。

证实了抓不住才显得格外珍贵。我们美丽的人生，在触摸不到的岁月。

Hey，mama

听说会跳恰恰舞的人都很有气质，听说走过去的青春就算系上了围裙也不会落幕，如果现在还能放下所有去追逐，我多希望你能笑得跟现在不太一样。Hey，Mama.

这个世界上能心甘情愿为我毫无保留付出的，我能想到的，只有家人。换位思考一下，我对自己将来的儿女肯定也会这样。

血浓于水，这句话绝对不是说说。每次看到妈妈都间隔几个月之久，她脸上的皱纹好像又多了几道，手上的皮肤变得粗糙没有了光泽。

我感觉自己很无助，是那种没有办法的原始的无助，我多想她的容颜能一直停留在一个时刻，我多想一直在变老的是我而不是她，因为我害怕。

我们两个人之间好像总是吵架，但每次争吵的时候，总是我赢。其实不是我赢，而是她不知道该怎样狠心拒绝我。久而久之，很多时候就算是我的错，我也还是那么理直气壮，她好像也习惯了，把所有的苦闷都埋在心里。

可能因为自己是男人，好多感情不太容易流露出来。是男人吗？自己长得再大，也是她亲眼看着的。我多想像个女孩一样，将自己所有的情感都表露出来，好多次的脱口而出，好多次的默默退场，我好像真的是彻头彻尾的失败者。

我有多自私就有多亏欠。关于这点，我从不会否认。

我会爱上别的女人，别的女人也会爱上我，在争吵过后别的女人会抛弃我。是的，抛弃，到现在为止我都清晰记得为了那个女孩跟妈妈拼命争吵的情景，恨不得以后两不相见。妈妈流下的眼泪，我的错愕，我的狠心，我的绝情，在这一刻会让别人觉得我就是个不孝顺的孩子，哪怕此刻我还是觉得自己没有错。

最后受伤的从来不会是我，从来不是我。妈妈，你怎么这么傻啊。多少次想起自己曾经犯过那么多错，还有你的无奈，我都想哭。可日后再遇到这样的事情，我还是在犯同样的错。对待最爱自己的人，肯为自己付出所有也没奢求回报只要我开心就好的人，我就像个混蛋，是那种彻头彻尾的混蛋。

有时候想，我带给她的无数次摔门的声音，是为了发泄心中的愤怒而产生的一时快感吗？

如果将来我的儿女这样做，我会怎么办？我想如果是个男孩，我会在他的屁股上狠狠地拍两巴掌，再凶巴巴地训他一顿，让他吃一堑长一智；如果是女孩，我会轻轻地抱起她来温柔安慰她，带她到游乐场，给她买各种毛绒玩具。

那妈妈呢，我想她一定很生气，等气消下来之后，随之而来的就是委屈和无奈。虽然是母亲，但她也是个女人，一个老女孩。

我就是这样，什么都能换角度来思考，可是过后还是一如既往，该怎么着还是怎么着，随着自己的脾气来。

这样对吗？我也不知道，可能就是习惯了。

她从来没有指望我日后能多么有出息，她只要我简简单单的、健健康康的就好。而我都毕业几年了，好像从来没有给她拿回去过钱，相反还跟她要过很多次。

每次直接被她拒绝，我都会习惯性地抱怨几句，因为我觉得我是她的儿子，跟她要钱天经地义，没有什么不对，即便我知道她每个月挣的还没有我三分之一多。

离开家的前一天晚上，在我睡着后，很晚了。我记得是在深夜十一点半，她悄悄走进我的房间，将几千块钱放到我的枕头边上，再悄悄离开。在她转身时，被开门声吵醒的我看着她离开的背影，心情很复杂，眼睛酸酸的，我努力不让眼泪流下打湿枕巾。她第二天七点就要起床去上班，此刻却等我入睡，将这一份无私的爱默默给我。

是默默给的，像妈妈那么小气的女人，从来不舍得给自己买件好衣服，买双好鞋子。

妈妈买一件不到三百块钱的衣服都要跟人家讲半天价，最后少花五十块钱，回去都要跟我爸嘀瑟半天。要知道那些钱只是我出去吃一顿饭的钱，甚至还不如。

她好像从来不问我钱花到哪里了，不对，问过一次，被我回了一句"不用你管"，从此就再也没有问过了。她知道这种事情说了也没用，就不说了。

她还想让我早点结婚，最好在二十五岁之前。我抱怨道，我哪敢那么早结婚，你看我现在还是个需要你们随时惦记的小孩，哪有能力再拉一个小孩子回来照顾。

再说了，结婚早，离婚说不定还早呢，我可不想将来整一出喜剧，所以你不用总惦记我这个，到时间了我一定领一个温柔漂亮还超级孝顺的姑娘回来见你们。说完这次之后，她没有再提过，虽然她的内心是如此渴望，渴望可以让我早点成家，渴望可以早点抱上孙子。

她总是说自己老了，我说哪有那么夸张，她说自己的记性越来越差了，我说我的记性也不好，这个跟年龄无关。

有一次晚上吃炒面，我先吃的第一口，淡淡的，我问是不是忘了放盐，她听后也尝了一口，然后像个孩子一样焦急地站了起来，说自己的记性越来越差了，连做饭这么简单的事情都快忘了。

她抱怨着自己，让我感觉到了一种恐惧，潜意识就觉得这样下去妈妈的情况会越来越糟糕的。我安慰着说没事，少吃点盐挺好的。

这就是生活的某方面折磨吗？让聪明的人越来越糊涂，让糊涂的人越来越聪明，变得糊涂的人焦躁，变得聪明的人压抑。

很奇怪，我跟她的性格好像全都是对应的，我的脾气如此倔强，她的脾气如此柔弱。

还记得有一次我跟她说，我是你们养大的，什么性格还不是你们给我的，我有什么办法。

说话时还在脸上表现出了一丝无奈，妈妈听后支支吾吾了半天都没说出一句话，那表情，让我不由自主地笑了。

我知道，是我小时候太过叛逆了。有时候我也想收下心来好好工作，周末回家一起吃顿饭。可是我不甘心过能看到未来的生活，我不知道妈妈你能不能理解我这种感受，虽然你总是跟我说你觉得自己的思想观念并不落伍。

我知道不是你落伍，你一直在拿着手机熟悉我用到的一些社交软件，想了解我，想关心我，想更懂我。是我太过于偏执，觉得你不该总介入我的私生活。这种偏执伤害到了你。

其实说实话，总是感觉我们之间多多少少还是有些代沟的，可能在你的眼里，我的很多做法都是错的，你想把我带领到一条对的道路上，可我终究不甘心平淡。

说实话，那种一眼就能看到五年、十年、二十年甚至更久的生活，我想想就觉得恐惧，觉得跟死了没什么区别。每天吃几顿饭，两点一线将日子固定，我就是不想过你跟爸爸现在这样的生活，你知道吗？

我想这就是我们不同的地方，你始终不能够了解我的地方。跟代沟无关，跟时代无关，跟相处无关，是我逐渐成长，潜意识里浮现出来的意识。

小时候我有什么事情都跟你说，现在我不敢了，不敢将自己的现状都表达出来，不敢将我的堕落都体现出来，我怕你会很伤心，怕你夜里会睡不着觉。

我有多矫情，有多少理由，好像都改变不了让你总是生气的事实。

对不起。

从来不想在你面前说出这三个字，可我知道我对不起你的事情太多了，也知道你从来都不需要我将这三个字说出口。

是的，我也不小了，很多事情我都知道，知道得可能比你还清楚。请原谅我有时候只是想要一份寄托感，我知道只有你能包容我的任性，我的叛逆，我的不懂事。

这份寄托承载了你太多的眼泪，有时候我也感觉很迷茫，在这二十多岁的年纪。

如果可以，能不能等我过了三十，等一切都安稳下来了，让我来好好照顾你。

我一直用"你"字，而没有用"您"，可能每个人有每个人的想法吧，我的想法很简单，只是不想让我们之间有距离感。

父亲跟母亲给我的感觉是完全不相同的，仔细想了想，应该是相互对应的吧。女儿是父亲上辈子的情人，儿子是母亲的什么呢？想了一会儿也没有想清楚。那么，我可以是姥姥上辈子的情人吗？因为姥姥对我超好。

这对母女俩，都好傻啊，为这么一个不思进取的孩子付出了那么多，他有想过感恩吗？

感觉越来越不敢去看望姥姥了，她脸上的皱纹，多，很多，越来越多，多到让我很怕忽然会失去她。没有了一根黑头发，从我出生能背着我出去玩到现在走路都要拄着一根跟她一样上了年纪的拐杖，背越来越驼，她的头顶甚至还没到我的胸口。很多次看到她，我都在颤抖，那种感觉很不好，让我心情很压抑，我想让她陪我一辈子。姥姥，是一辈子，我不敢想象你忽然不在了我会哭得有多厉害，你不想让我哭对吧，我知道的，所以答应我别离开我好吗。要记得小时候你跟我拉过很多次小手指头答应我的。

你带我的一幕幕我全都记得。记得妈妈要打我的时候，你将我拉在你的身后；记得每次给我的零花钱；记得有一次你抱着我走路不小心被绊倒了，你的身体下意识让右胳膊着地，那是夏天，血肉模糊的胳膊都把我吓哭了，你还笑着安慰我。太多太多的事情，嘴上不说，可我心里全都记得。

对了，姥姥跟姥爷的感情好得都让我很羡慕，甚至嫉妒。

记得有一次，姥姥发烧了，我忘记是什么病，只记得她一直在呕吐，吃点东西全都吐出来，喝点东西全都吐出来。姥爷拿着盆在床边守着，眼红着，嘴上却凶巴巴地说："东西都吐出来了，胃受得了吗?"说话的同时，轻轻拍着姥姥后背。

两个舅舅在客厅站着商量办法，姥爷从屋子里走出来，说话小声多了，那是我第一次见到他说话那么小声，还带着点哀求的感觉，说姥姥已经输了一天液了也不见好，问还有没有其他的办法。

就这么一句话，当时的画面深深刻印在我的脑海里。姥爷是退伍军人，个子很高，身体也很结实，平时说话特有底气，但是那一次，我看到了一个跟我印象中完全不一样的姥爷。

其实姥爷完全不必这样，两个舅舅都特别孝顺，争抢着让他们两位去自己家里住。可老人觉得两个人习惯了，去儿子家里每天很多事情，还觉得自己会给他们的生活带来麻烦，所以一直坚持不去。姥爷此刻无助的语气，让人听了真的很受不了。

我当时在卧室的角落里偷看着，偷听着，不敢发出一丝声响。

这是爱情吧? 岁月也冲不淡的爱情，对吧!

以生之名。

我祈祷他们永恒不死，虽然连我自己都觉得搞笑，知道那是不可能呢，可我真的不敢想象他们将来离开了，我会变得多脆弱。

那是我童年里最真最深的记忆啊，重量不是时间的流逝所能减轻的。

以爱之名。

我祈祷爸爸妈妈将来也是这样，吵吵闹闹，到白头。顺便加上我吧，我也很想。

前几天回去妈妈又跟我唠叨了，其实是重复了很多遍的话题，在她的口中说出来仿佛还是第一次那样。

我还是一如往常，她坐在沙发左侧说，我坐在沙发右侧玩手机，不时还插播一句"我知道了，又不是小孩了"。

她认真地看着我说："你现在都不想听我说话了，等你将来结婚娶个老婆回来，人家肯定更不愿意听了，到时候是不是连跟你们说句话都觉得烦了。"

我……这都是什么联想?! 虽然还想解释什么，但心里知道说完之后面对的肯定是一堆未知话语，便沉默不语。

这次爸爸也回来了，给她买了个新镯子。她两次问我怎么样，我第一次笑着说好看，第二次强颜欢笑着说很好看。

在她跟爸爸的感情中，她总是占据老大的那个地位，我欺负她的时候，她就偷偷跟爸爸诉说，然后爸爸单独来教育我说，妈妈说你都是为你好，我就在一旁嗯啊地附和着。

连续两年回家陪她过生日，是我觉得做过的最开心的事情。

每年她过生日那天，我都会提前预订好生日蛋糕，提前下班开车回家给她过生日，这可能是我面对她，觉得最自豪的事情吧。自豪，这都用的什么词语，难道不是应该的吗。

总是想给她个惊喜，回家前从来不告诉她，等她下班回来后，看到桌子上提前摆好的生日蛋糕，嘴上总会叨唠着不用这么麻烦，可我从她的眼神里能够看到，那是迟来的喜悦，估计前一个小时还在抱怨我早忘了她的生日吧。

最后给她唱生日歌的时候都能唱到让她的脸红起来，她平时可不是那种害羞的女人哦，哈哈。

吃完饭后跟她看看电视，聊聊家常，这可能是一年当中，我最听话的一天了。

在岁月里如此循环，上万天的时光就这样循环着过完了，我长大了，能蹦能跳，比原来走得更远了，而亲人们的面孔却逐渐变得让我感觉到了陌生。

这应该是很糟糕的一种感觉，我也有很努力，每次过节都回家陪他们过，不让他们心里惦记着。

随着我将来成家立业，日子越过越好，伴随着他们的，可能，也许，肯定是相反的。

或许是我想多了，我这人总是这样的，什么事情都会往坏的方面想很多，不吉利。

我一直记得妈妈原来说过想去草原，我都没有带她去过，总是想着有时间了再去。

我是个情感极其丰富的人，可不知为何，到家人这里，总是变得畏畏缩缩。

其实不只是我，相信很多人也一样吧，有很多话想对家人说，到最后都被不好意思打败了。

如果看完这篇文字之后，你也有点共鸣，那么可用键盘敲打下来，把所有想对父母说的话，抽个时间，每天晚上一两个小时的时间还是有的吧，全都一个人安安静静地敲出来，然后发送给他们。

或许对你来说，这只是个简单的举动，却能暖他们的心，如果你也有觉得亏欠他们太多。

亲情、爱情、友情，这三样生活中必需的东西，要你做排名，你会怎么排呢？

如果是真心话，我不敢说。

只是我从来不会怀疑，随着医学的进步，人能永生，只要脑细胞一直活跃下去，身上的所有部位完全可以更换。

我只是希望这一天能早点来临，好让我所爱的每个人都可以赶上这个时候。或许这种技术并不会公开，在那之前我只有让自己变得更加强大，强大到有资格说什么的时候，只为了我爱的那些人。

Mama，请放慢脚步等等我，等我变得比现在更有出息，等我把那份属于我的亏欠百倍地还给你，请你一定要等等我。

面对生活。

我们走走停停，面对生活中的很多不公平，想要寻找一份属于自己的宁静。

有些事情能够自己决定，有些事情只能被动接受，对此，我们都很平等。

眨眼间，很多人会从你的身边离开，很多人会没有预兆地融入进来，你甚至都没有选择权。

只是，你要明白有些人更加值得你去珍惜。

请别再辜负，是的，是辜负，穿梭年轮，付出的太多了，再回放的话你是会哭的。

请别再欺负，是的，是欺负，因为爱你，所以甘愿忍受着的人，可能是这个世界上的唯一。

Hey，mama，

I love you.

对不起，叛逆是因为天性

太多事情的发生是因为反向，不是不愿不想不甘，而是因为真的没有选择。

开始厌倦陪伴深爱的那个人一起逛街，橱窗灯光下面闪耀的不是物品本身，而是超过四位数字的标签，口袋银行卡里面不超过五位数字的金额让人觉得自卑。

再也没有勇气每次都去高档餐厅享受贴心服务，因为知道去吃的不是食物，是内心一份潜伏已久的虚荣感。

晚上睡得很晚不是因为忙得不可开交，而是压力大到连在没有知觉的睡眠中都会觉得不安，那种感觉，我怎么去形容才能让没有经历过的人了解。

面对生活中的各种事情有时真的是太痛苦了，而一些事情的发生，总伴随着多种因素的不断聚集，最后等待着那一处直击要害的刻意。

世界在旋转着，无一刻停歇。有太多场面看起来有些撕心，我们却只会当个袖手旁观者离开，事实如此，太多人想的都是多一事不如少一事。

北京的星空，从来不会有一颗星星为我照亮，总是在失眠的时候躺在阳台那绿色地毯上，安静细数着天上的星，却好像从来没有数清过。

时间是消极的，年龄是推进的，成长却从来都是不成正比的。总是假装自己是个与世无争的高手，能够轻易游走在各种社交场合，私底下却是在"人挤为患"的地铁中暗骂自己。

当眼神将一件东西视为焦点的时候，你会毫不犹豫刷信用卡去消费，从来不会去考虑价格是否在自己的承受范围。在每个月还款日的时候，看着储蓄卡上所剩无几的存款，开始嘲笑自己，你是在工作吗？所有的一切都还停留在原地，跟在家中每天吃着妈妈做的饭有何区别。

再跳一支舞，在离开这座城市之前再跳一支舞，手中拎着瓶轩尼诗，随着欲望身陷在不受大脑控制的舞池中央。

到现在已经不知道什么叫真实，虽然我还是个男孩，却早已经感觉背负了男人的压力。到现在根本就不知道自己究竟选择了一条什么样的路，而这些很早以前就已萌芽的想法不是靠挣扎就能消失殆尽的。

越是无助，越是崩溃。越是羡慕，越是可怜。这一切说出来是那么的无奈，能如何呢？应该没有人能给我个完整答案。

如果你在路边看到倒下的我，能不能伸手扶起，带我去所有人都寻不到的地方，让我找回最初那个傻傻的模样。

实话说，我感觉自己跟这个活跃的社会早已脱节，尽管我每天会花好多时间在打扮上，可有些习惯是根本就改变不了的。

仿佛所有的剧情都被设定，会按照该有的步伐一直走下去，根本就没有给我留下一丝转向会回家。

夜深人静时，跑车的轰鸣声和隔壁夜总会的电音，像是在跟我诉说你身在这座城市就像是一个乞丐。

总是孤身一人，街道上的繁华都与我无关，每到中秋节的时候坐在只有几平方米大的阳台上看着月亮逐渐升起来，远方还有小孩们的笑声传过来，像是在嘲笑一个未满三十的男孩的沧桑。

有好多时候都觉得时间很多余，每天只要上班时间就够了，因为下班后都不知道要做什么，上网打游戏，卧在床上看电视羡慕着主角多彩的人生，仿佛只要将注意力集中在虚幻的事情上，便感觉不到时间的流逝。

可能不仅仅是我，好多同龄人也都一样吧，宁愿花所有时间沉浸在对生活没有一点用处的事情上，也不愿将这点时间用来提升自己，可能这就是我跟那些在逐渐实现自己梦想的人的差别。

宁愿每天活在回忆过去的美好时光里面，也不愿想着怎么去将这些美好牢牢抓在手里再也不将它们失去。

当心中所想跟现实发生碰撞的时候，真的是头疼疲惫，就算还能抬头向前方勇敢狂奔，可已经迷失了的眼神在告诉为我高举双手的人群说，我已经放弃了。

第一次接触"空虚"二字是本兮的那首《空虚，沸腾》，让我以为空虚只会出现在爱情里面。

现在明明已经失恋好久了，明明已经将那个女人忘记了，却感觉二十四小时当中有一半是处在这个状态里面。在日出之前开始，在夕阳落幕后结束。

我恐惧白昼，爱慕深夜。那颗不知道该用什么去填满的心无时无刻不在自我谴责着，让我没有了逃脱这一切的能力，因为越是逃脱，越是崩溃，只能不断地自我催眠。

被云朵遮住的地方，就是我这类人存在的地方，只愿意活在自己幻想出来的并不存在的地方，在那里可以活得随心所欲，感受到跟这个世界不同的一面。

心里堆积了太多想要一次性发泄出来的情绪，别人看不到，是因为至少我还懂得怎样隐藏，妈妈不敢轻易去说破，我知道她心里承受了多少。

那条熟悉的路再走上去开始变得有些害怕，原来已经不一样，观望的角度不一样，踏入的步伐不一致，全都是我在改变，没有一丝长进，只是在随着时间抚摸着样貌的沧桑。

不想哭，不想流出眼泪，那被打湿的面孔。应该是快要下雨了，模糊的视线在犹豫着该不该停下脚步来歇息片刻。

会不会有奇迹发生，我一次次幻想着，试图能在废墟中找到一丝洁白光线，可空气密布着的浓雾在诉说着我只是在想象。

同时还感觉有一个人在注视着我，虽然感觉很熟悉，但是却总觉得有哪个点是很不相同的，如果还有另外一个平行世界，可能那就是我，一个令我羡慕的我，一个能将自己的缺点全都彻底消除的我。

不对，描述得不对，那应该是未来的我，随着时间流逝我会遇到你，你可能会对现在的我很是失望，可我真心期望你内心是富有的，就算到时候没有太多财富，起码不要像现在的我这样一无是处。

偶尔会想，是否因为从第一口吸进新鲜空气的时候开始，就被这个

致终将被颠覆的年华　>>>

世界定义了"人设"，再怎么挣扎最后换来的只有妥协，无人能幸免。

所有的过程经历其实都很简单，渺小如此卑微。

所有的一切最后只剩下了留恋，总是事与愿违。

肢体动作中所表达出来的细微，迫使今夜无眠。

请别怀念，还有很多人在这其中未能幸免。

在字句中出现悲伤是因为闭上眼睛都很熟悉，仿佛就是与生俱来的，让我不能简单面对生活，不断在抱怨着挥霍着。

像是只有我一个人在不断重复地飘摇着，总是会在不同的时间段回到原地来埋怨自己怎么还是没有进步，周围不断离开的人群，更像是被孤立后没有被任何事物温暖过的角色。

有很多看似特别的微不足道的喜悦，总是希望能够在下一秒分享给生命中最重要的那个人，可她到现在还没有出现。

年幼时候在脑海里不断描绘成形的那副属于自己个人的彩色图画，被生命低沉呼唤过的频率硬生生带走，让我没有一丝说拒绝的机会。

好想能够摸一下奶奶的手，让她给我一丝温暖，可她没有给过我机会。

到现在都不知道她长什么模样，在我出生之前，她就已经离开去了天堂。

是因为什么？生了什么病？出了什么意外？还是发生了什么才离开的？我一无所知。

或许有些事情还是不知道的好，在泪水翻滚于双眼的时候，还能幻想一个人出来安慰。

那一本本被人性不断翻写出来的情感书籍，是有多虚假，有多虚假就能证明此刻的我有多可怜。

深夜里开着车子穿城而过，驶向没有着落点的西方，空荡的后座有尘土在不断飘落陪着我，扬声器最大的音量让整个车子都在不停震动。

14

　　窗外投射进来的灯光来自不同的角度，停留片刻便有新生的投入，感觉像是在逃离一样。

　　每秒钟的流逝都在提醒着我这座城市的灯光和声音正在逐渐暗淡，是的，没有人能够抹杀时间，即便能够选择让自己毁灭。

　　没有枷锁的牢笼我走不出去，自愿被困。失去自由的乌鸦在吸食腐朽，自愿无白。

　　到了现在这个年龄，已经能够感觉到 24 小时细微抽离，不过就是区分成为黑夜和黎明。

　　深入骨髓的毒有时候并不需要借助外力，仅需自己将四周的墙面硬生生打碎，破裂后在闪烁着的闪光面不是锋利棱角，而是还有温度的血液。

　　侧眼看到只有店员独自一人的奢侈品店，灯光亮得想不让人注意到都难，它的虚荣心已经上升到了所谓的极限，高居不下的应该不是俯视，而是怜悯。

　　当层叠起来的过往开始变得模糊，流浪在不同角落的乞讨者也只是想要找个去处，那该是何处？

　　未经诗人涂染，所以还没有品尝到终点的温酒，所以只好不停寻觅，在这破碎不堪的世界。

　　我想这是我亲眼见识到的一切，没有虚构，扭曲旋转的模样让人感到眩晕，那色彩所散发出来的微弱光亮是那么值得让人珍惜，宁愿相信万花筒里不存在的真实。

　　想要像大家说的那样，过自己想要的生活。可是究竟还要迈上多少台阶才能够让充满迷雾的瞳孔彻底看清楚?! 真的不知道该用问号还是感叹号去自我理解。

　　可能在流逝的只有时间本身，可能被阳光所覆盖的阴影正在尝试迎着方向而翻滚，可能我们都在被丢向只有悔恨的句点。

不要再去追逐一些会令自己受伤的未知未来，随着正在不断跳动的心走下去难道不好吗？

霓虹暗淡在逐渐破晓的黎明，只有正在呼吸的鼻孔不会说谎地证明我还活着，想要摆脱这平淡的生活。

算了，这一切的失败都还好，能让我看清现状是一件还算不错的事情，想要成功首先就要打破所谓的没用规矩。

源源不断的灵感是我唯一能够炫耀的资本。所有的经历都在为灵感做陪衬，穿越黑暗街角的力量来自不甘，就像街灯想要突破困扰的玻璃将自己的色彩尽情渲染开来，即便不能永恒，也要让自己肆意绽放。

有时梳理感情真的很难将人物与情节对号入座，可能是因为恋爱谈得多了，也就将所有的面孔叠印起来了。

纵然我有很多缺陷，可我却是在不间断书写着历史，偶尔还有掌声与荣耀降临，彷徨也只是为了更好地向前。

在行走的路上所汲取的经验早就足够我去承受更多未知的一切，眼睛里的宽恕告诉我应该温柔对待这个世界，即便它并不完美。

祈祷那些崩塌在前一秒的点缀不会消失，还能带着过往漂浮在原地等待未来去唤醒，那是超越了光年后失去了活力的中心。

肉眼所看到的一切全都沉溺在耀眼的光芒下面，如果大地失去了引力，物体失去了束缚，会不会被瞬间燃尽？

在那之前，去友谊大街与振岗路交叉口东侧的那个旧舞厅摇摆起来，那里的氛围有着古老的气息，迪斯科能将灯光下方的尘埃震得沸腾起来，雪茄配冰镇烈酒，段落重复或许还能让人异常兴奋。

他们曾多次说过我不现实，确实如此，从踏出列车铁门的那一刻起，所有的一切都在随着改变而使我没有了抉择权，那都是因为我太过于渺小造成的，我都知道。

如果所写的一切都在生活中发生过，是不是该觉得这个人挺可怜的？即便紧闭嘴唇，可是表情也无法隐藏地暴露在众人面前。

这也是自我对话的一次过程，让我能更加清楚地认识自己现在所处的地点，即便不能嘴角上扬地对你微笑，但绝对能让你在未来看到一个不一样的我。

石家庄的冬天到了，车子开始限行，像是在迎接雾霾的到来，清晨上班的路上能看到的，还是经常看到的充满丑恶嘴脸的面孔在怒骂着陌生的对方。

周遭很多事情像是在不间断改变着，可要是仔细想来，也没什么是真的在改变的，不过是冬天来了，很少出去浪了。

六点钟下班后天空早就暗沉了下来，走出公司门口便有刺骨的冷风扑向面孔，潜意识的想法就是赶紧回到家中窝在被窝里看看电视剧。

虽然觉得这样无疑是在浪费着宝贵的青春，可在一步一步迈进的生活面前，貌似也没有什么多余选择。

真正的时尚是一分为二的世界，真正的世界却是大众在不断丢弃着时尚。

我在不断接受着新鲜事物的发生，同时与生俱来的性格让我在隔天将这些全部都丢弃。

我在此刻迷茫着未来，却又真心祈祷能在三十岁的时候看到一个让此刻的我很是陌生的自己。

我也知道这不是仅靠想想就能实现的，所以现在拼命努力着，就跟一本书的名字一样，《不认命，就拼命》，我不想认命。

那就拼一次吧，现在没有结婚，还没有那么多的负担，还能在经历后成长，即便我现在能清楚看到过程中鲜血直流的伤口。

记得有段时间去北京找过一个要好的朋友，向他不停地抱怨现在的生活糟糕，我很感谢他一直都在耐心听我倾诉，最后心平气和地对我说，去年的时候你就在这样说自己的生活了，差不多快一年了，还在重

17

复。那么，除了是自己欺自己，还能是什么呢？

我错愕，我惊呆，我认同，这就是我。

如果此刻的你真的能选择。

人生短暂，你随时都可以去选择体验另一种人生。

这应该不是一句玩笑话，而是你懒惰的当下。

从未如戏

所有灯光全部熄灭，在剧情落幕的最后一刻，再也回不去的昨天。

无论有多不舍得，翻过纸张最终页，所有故事都会在放下瞬间，全部开始向四面八方消散，直至不见，感觉不再是疼痛，而是麻木后的自然。

当明白有些东西是无价的时候，人潮已将不舍全都冲散开来。昨夜喝的酒精已经全部融入血液，有时候甚至在想，自己流着的血液并不是滚烫鲜红的，而是已经被酒精洗涮过的。假设用它去浇灌精致到细腻的年华，是不是会浑浊了所有人的视线，同时还覆盖了视线中的所有嫩绿色。

能目视到的温度已经开始变得阴森冰冷，很多时候，我都只是想一个人待会儿，是的，开始变得不再害怕寂寞，而是习惯寂寞带来的安宁。在岸边硬撑着不去看水镜中的狼狈模样，害怕铭记的信念会被狠狠折断。

长大后脆弱易碎的心是如何让人内心疲惫不已，枯萎凋谢的野花在浮水轻飘着，向生命终点俯冲而去，不知该跟谁询问生存理由，还有死亡定义。

褪色，开始模糊褪色，关于你的一切都在闭上眼睛后逐渐似梦般遗忘，如果说是有预兆，不想再挪动一寸身体地在床上躺着该是最好警告。

应该没有人见过支离破碎的残片，一点一点被拼凑起来同时还遗留着呛鼻的胶水味道，稍等一下，如果在假装无视后还吞噬掉自己的眼泪，会不会是件挺残忍的事情，就是带着这种残忍咒骂着不该在冲动过后不受情绪控制而爆发。

这个世界上最悲惨的事情应该在每人心中都有一种，我在右小腿刺了一只仰望星空的小青蛙，用它来衬托即将被时间遗忘的多余颜色。无法跳出圈子目睹另一个完美世界，沉醉在一幕幕过往的循环当中，如果这是仲夏夜之梦无法成真的全部，用尖锐物将庞大幕布所凝聚而成的球体刺破是最后挣扎。

还好没有什么品位，不用刻意穿长裤将此隐藏，还好喜欢穿白裤，能尽力衬托出它孤傲面对世人所展现出来的迷茫。过去的你一定非常讨厌现在的这个我，甚至连开口说话的兴致都没有。

日常已经被真理束缚到无力挣扎的地步，看不到希望所照射的光芒便开始觉得再也没有了希望，被困陷在原地挣扎，双手已经全是茧子，眼睛已经全是血丝，已经妥协在了潜意识所选择的道路。

表达出来的框架还是在往悲观方向发展，说实话，如果按照平均数来算的话，一天里我的开心从未超过十分钟。

用小脚趾践踏着所能想象到的唯一还算柔软的部位，在我看到影子对投射下来的灯光窃窃私语前，还在沉迷于歌曲低音带来的轰炸感。开始逐渐不协调的双耳是我能想到的自己最过于柔软的部位，倘若哪天真的完全失衡，我定会崩溃。

大家都说所有规则都是为了被打破而存在的，既然无法真正在其中追寻到真理，那为何不能简单一点，就像小孩遇到问题只会用一种办法去解决而不会转弯一样，哪怕不对也还能在失败后重新来过。

春天是多变的，像是恋人脸上丰富表情所展现出来的态度，你不知道它会在何时突然向下降温 20℃。

思是你，念是我，站在你我两地交接边缘轻抚手掌指纹的时候，被伤疤硬生生扭曲的，像是我还在不断煽风点火的宇宙小山坡，它在被我肆意破坏着，即便真正疼痛的是我。

兜转，兜转本身的含义应该是折磨，即便最终两个人会在一起，但这其中经历过的伤悲足够让最美年华被无情荒废。二十三岁的全部时光都是空的，都是在与你来回穿梭的轨迹上不停演绎着看似荒唐实则无聊至极的故事。

已经这么久了，还是很想你，更多的是恨你。说这句话的时候还是那么小气，身为大男人却总是这么小气，可面对感情，我们应该都是公平的，很想在醉后好好问问你，当时为什么要闯进"我这种人"的生活，把我变得狼狈之后无情抛弃，让我觉得自己的生活已经变得毫无意义，那段时间甚至有想过死去。那天跟朋友聊到这个话题的时候，他很快帮我转移开了。

什么时候我还会做回那个坏男孩，对所有一切情绪都可以无动于衷，那样就可以继续纠缠着你。爱是歌，情是词，听不懂的情歌只有看歌词。

没有爱会为一个人的无知加冕。他是军人。他说自己有过好多恋人，喝醉后说都是网恋，聊着聊着就分了。他问我，都三十岁了还在提"网恋"二字，是不是一种可悲，我说这种事不分年龄。

他说感觉自己这辈子差不多也就这样了，等到了某个年纪跟家里看好的女人结个婚，浑浑噩噩过日子就行了，只是长这么大了，都没有真正体验过爱情的滋味。

说起他的初恋，他笑说，那算什么初恋，也就牵了牵手，吻都没有接，说好等着的，哪知道等着等着就散场了。

他是县长的儿子，家里有钱。他是老实人，是我处了十多年的朋友，从未说过谎。可能这个世道并不会对老实人妥协，不会因为你是老实人就将好运偏向于你。

那天晚上我们喝了好多酒，多到实在是喝不下去了，呆坐在阳台沙发上看着外面被炫目灯光照亮的高楼，我指着最高的一层说，将来我要让它知道它并不是迷人和无懈可击的。

说实话，我不是个把朋友感情看得太重的人，但那天两个人分开时的不舍久久没有散去，可能是因为真心朋友太少了吧。

世间所有因素都像那些在不停跌落的岩石，笃定会在平静过后展现出松软那面，哪怕是价值上亿的钻石。

灯红酒绿让我们的眼睛失去了焦点，却在这个时候想要寻找温暖的港湾，如果你没有在黑夜里哭过，或许是已经感受不到爱了，在这个时候就算将整座城市都拱手让到你的手心，你也不会知足。

最可怕的是失去了信仰的野心，独自扬帆远航后找不到正确方向，因从来都不会寻找错误原因而重蹈覆辙。我知道自己已经恍惚着过了太久了，在正式审判自己之前，是否能跨越鸿沟所带来的失落。

面对这些，别无选择是最好的选择，能做的就是深吸一口气，在沉沦进入旋涡前抓住已经枯萎了的稻草，把握住生命线延伸至最终。

曾经祈求的那般未来在某一瞬间全都变成徒然，肉眼可见的顽固污点已成为抹之不尽的棒花鱼，我想与它们和好如初，得到的答案却是遗弃。后来一次次将空虚疯狂吸入进去，让虚洞扩张到难以愈合的程度，谁能告诉我如何将失去理智的淡漠的大脑恢复。

我们是否需要个理由来找人填满孤单寂寥，在十指相交双手紧握的阳台上，紧紧依附在一起，像是要融入对方身体那般来证明自己的精神世界并不是空的。

伪装后的自己会觉得一切都是美好的，只要不刻意去捅破那层不如蜘蛛网厚的隔阂，迷失的灵魂自由游走在叛逆边缘，没有终点，失去起点，桀骜不驯，放纵不羁。

妈妈唱的那首已经许久没有听到的摇篮曲会不会在未来某一天重新传入耳朵里，我甚至已经忘记了节奏，而最后一次被她拥抱，好像早就已经忘记了是在何时。

躺在汽车靠椅上，打开天窗凝视着只有几颗星星的天空，眼神里面流露出来的无知是那样真挚，随后迷失在没有尽头的天际。

有时候就会想，给自己的压力越来越大，大到未来有天失败的话将会是万劫不复，这样持续下去会不会呈现适得其反的效果，可在不成熟阶段能做出正确判断的意识太弱了，他人的所有好言相劝都被认为是让自己走向一条平凡之路。

那些因为认真追求自己想要的而目空一切、心无旁骛的人，让起伏波动不稳定的我发自内心羡慕。

或许看似平静之下的镜像会让人觉得放松，当隐藏之下的力量有让你觉得是崩溃的前兆时，想象下一个人被大火燃烧时的挣扎画面，像不像自我斗争后遍体鳞伤的收场。

这个世界都没有一个词语能够来完美描述被自己折磨的疼痛，电影里那一幕幕美好场景只是在一小部分的人身上发生，这些我早已在十八岁之前知晓。顺便明了没有能去探知的，最终被遗忘的。我只是习惯性记录在了日记本上，不经意间翻起，随意之中写下，一系列动作间贯穿了个人的无奈。

好像真的已经没有什么是可失去的了，只剩下了这副躯体在左右摆动挣扎着，我努力装作不在乎，可如果这些都没有失去过，我也不会沦落至此。

当自己以为不断进步的时候才发现，已经在错误的人生道路上走得太远了，曾经虚度的那些时光没有错，起码是在随心所欲享受人生，但是到了此时此刻，已经没有太多机会让你去肆意错过。

夏日的温度里深藏着太多躁动不安的情绪。偏离了航线的信仰在混乱中听到破碎声。酒后肆意摇晃的身体就像是感觉到了末日降临。自私的反义词未必就是无私。

总是以文字自我取乐，只有知足才会没那么多烦心事吗，还是这样自我安慰道，这看似很酷的一切更像他人眼中努力表现自己的小丑，滑稽之极。绷紧神经跟世界玩一场喜剧游戏，没有对错，无关输赢，只要能宣泄心中积攒已久的不满。

有太多事情的发生很不可思议，与其花太多时间去难受，不如在冰箱里拿出威士忌，几杯入肚，再喷些香水，享受着香甜味道，将泫雅最新专辑循环播放着，如果找不到最好的答案，就享受陷入精神上的快感。

如果真的累了，就不要再仰望天空了，俯身看看地下，有那么多快乐在不断汇集。如果用怀抱去接住它们，你会发现，这些已经远远超越了你所追求的。

焦点，让自己变成所到之处的焦点，就像你独一无二的名字一样，浮夸就是焦点，不要去理会他们在讨论些什么，评头论足只会说明你是有争议的未来。

你完全可以用表达出来的语言去抵挡每次的攻击，也可将堕落持续延伸下去让那些看不起你的人淡忘，那天真无邪所形成的斑驳色彩早已不存在，继续沉寂在其中不会对你产生任何有益之处。

你可以在我体内看到早已裂成碎片的心脏，却看不到最后一次擦干的泪水，天使双手合十交叉在胸前承诺，那些消逝的终将会有一天在尘埃中慢慢升起，聚集在云层下面，随着太阳投射出来的光线散落在人间。

走在人群涌动的繁华街道，总会有一个人的境遇与你相似。

不该游戏人生，因为人生从未如戏。应该明白，我们已经到了该想想如何才能拥有安全感的年龄。

失去了本性的傀儡

已经很久没有看到读者们的夸赞了，这对于一个作家来说，是一件应该马上感到恐慌的事情，对于我来说却是理所当然的，因为好多天没有请人来帮我刷阅读量和好评了。

原本以为可以将写作当成一份很体面的工作，事实上也是如此。刚刚开始将文字发到朋友圈时，收到了很多亲朋好友的喝彩，让我的虚荣心瞬间膨胀，创作能力也迅速升温。试图能够得到一些认可，可终归只是自我安慰，毕竟在偌大的网络世界，我的作品还不如肉眼可见的蚂蚁有存在感。

靠家里父辈而当收租婆的女友带着可怜的眼神对我说，要不我养你吧，别每天把精力都用在不切实际的事情上面了。

她说，你长得也不白，算不上什么小白脸，"乖，没人会说你的"。

她说，你要再这么闷，我们就分手吧，我又不缺钱，跟着你，朋友们都开始笑话我寒酸了。

然后，我们就天各一方，投奔自由去了。

她不知道我有多重视这段还没有完全破灭的梦想，就像我不能理解她为什么每天下午都要开着玛莎拉蒂去高档场所品一杯好几百块钱的咖啡一样。她说那是品味，而我觉得那是浪费，可能她觉得我将自己关在黑屋子里对着键盘才是对青春最大的不尊重，而当初就是因为我的一点才华我们才会在一起，现在估计她是觉得腻歪了，没意思了。也是，不是每个人的才华都可以当饭吃的，而我的才华有幸换来一位"白富美"，却以不懂该怎么去珍惜而告终，真是一件让太多人觉得像笑话的事情。

她离开以后我才发现这个世界有多无聊，每天都是能让你寂寞到窒息的迷茫。一时之间我不知道生活该怎样继续才是正确的。她离开的同时好像还把我的灵感带走了，我对着电脑屏幕敲打出来的句子全都不连贯，连自己都觉得恶心，哪里有脸再去放到网络上欺骗那些一直支持我，能用手指头数清楚的读者们。其实就是家人跟一些要好的朋友不愿意打击我而已，我都知道，但就是不敢真正地去面对。活在梦里能开心点，为何要走出来去面对现实，让自己都觉得自己可怜呢。

高中老师说过，人生就是一场比赛，脚底悬空的同时要努力做到比旁人晚些落下来。他的本意应该是奉劝大家好好学习，可是我却听成了应该在后边待着，这样才安全。

从小学开始，我成绩最好的科目就是语文，语文考试中我最善长的是作文，现在都还搞不清楚当初为何理解错了本意，让一句抽象的比喻毁了一个阶段的人生。

这应该是我无形的狡辩，在过往的记忆甚至未来传播着，与其说是在转圈，不如说是从没有想着放过那个自己。如此说来，甚是可怜。记得那个叫雅琴的女孩，曾经评论过我的文章，说从里面看到的都是对这个世界的不满，这些不满给大家散布不好的情绪，说我这样下去是不可能有市场的，在那个圈子里永远不会熬出头，不对，有所谓"圈子"吗？文章谁都会写几篇，那大家都写作去了，你算什么啊？

她的话让我开始更加贬低自己，后来姥姥打电话让我回去相亲，我在电话一旁皱着眉头努力露出笑容说："姥姥，你不知道，你孙子我现在可是名人，后面整天有一群女孩们跟着跑呢，我可以慢慢挑。"等等，我还没有说完，姥姥就扯着嗓子吼了句，"你几斤几两我还不知道吗？别说没用的废话了，我都是快进棺材的人了，养你半辈子，就问你在我离开以前能不能开心笑一次。"

我，我张着的嘴巴硬生生合了起来，想要吞一口唾沫到胃里，才发现嘴里干干的，最后只能敷衍了事说周末一定回去相亲。在这逐渐无情化甚至暗淡的都市生活里，太多的言不由衷都在随着指尖敲打出去。从来没有人想去改变什么，因为太过于卑微了，所有事情都是这样，在没有被所谓大众人物推到不可收场的边缘之前，即便你在那个固定圈子里闹到无可挽回的地步，都不会有人出来管你。

那些来不及丢掉的一切，被城市运转的各种喧嚣声带走，从而形成精彩繁华并且无可挑剔的色彩点缀。抬头看着前方行进中的人们从来都很安逸，无所顾虑，能看穿未来。人设被定义成这样，理所应当去适应，可为何我会感觉大家在逐渐成为一具傀儡，虽在前行，却又兜圈。

或许傀儡才是最过于人性化的存在。

妥协掉了与生俱来的人性换来了所谓的不再痛苦。

还没被颠簸震醒便可以随着不在乎从而形成无辜。

好想要解开被四周束缚的一切，随着内心想法找回那个已经迷失了的自己。每天能够大步向前迈去，不再被条条框框的规矩所拘束，那样应该就没有那么多不开心的人了。人生真的不易，短短数十年后便会不复存在，为何不能创造一个所有人都梦想的乐园，能体验世间所有繁华事物，哪怕那仅仅只是第三虚拟世界的存在，而不是有些人一生只能活在黄土里，有些人却埋在黄金里。

多么有反差的对比。

周末我去参加了相亲，没办法，就算不为自己考虑也要为这么替我着急的姥姥考虑。跟想象中的一样，聊三观，聊家庭，聊过去，聊到最后实在没有了话题，便凑上了前任，对方那想哭的眼神让我到现在都意犹未尽，应该是一个被家里否决的可怜人儿。没了下文，只剩下尴尬。最后就坐着，喝着，看着，等对方起身说再见。

太阳下的影子在今天显得格外阴深，像是要将我代替，如果它能将我代替。想去找个人喝酒，想到了雅琴，她说什么都很直接，正好可以让她把我说得再低俗一点，好让我一次伤心个够。赶去她家的高速上，在预料之中姥姥给我打了电话，我想解释什么，最后选择了沉默。可能老人家有老人家的想法吧，我选择尊重。

握紧方向盘，感觉自己已经很久没有开心地笑过了，阳光透过玻璃打在我的眼睫毛上，却驱散不了瞳孔里的阴霾，我若为随着车子前进的云朵拍照留念，它是否也会还我一丝属于彩虹的笑脸。心里一直有一座向往的城市，那里很平淡，没有那么多繁华的大厦，却充满了随着年龄增长已经消失的笑脸。多希望这个世界上还有另一个灵魂的存在，能够倾听我内心的呐喊，有多撕心裂肺，那些稍纵即逝的片刻在沉默时一直伴随着我，像是已经被披上了无形的外套，我脱不掉。瞬息万变的仿佛不是生活，而是时刻处于喧哗骚动的内心世界，或许可以理解为年少轻狂，可我清楚地知道迟早要为这一天买单。

到了雅琴家门口，我掏出手机想给她打电话，后来一想，我应该不至于跟她这么客气，便直接上楼敲门。三分钟，敲了有将近三十下那扇绿色的防盗门都没人回应，正当我想转身离开的时候，门开了，披头散发的雅琴对我伸出右手打了招呼，笑容有些勉强，在穿反的睡衣上面我闻到了荷尔蒙的味道，向屋中瞟看了一眼，拉着的窗帘将屋子里的尘埃掩盖了起来。我尴尬地说了声没事，转身向电梯口走去。她叫了一声我的名字，我没有应答，她叫第二声的时候，我走得更快了。想到了那扇门的颜色，想到了她在国外出差的老公，不自觉地咬紧了下嘴唇。

这时手机铃声响了起来，是雅琴打来的，我调整好自己的情绪接了电话。

雅琴焦急地在电话一旁说："旭光，不是你想的那样。"

我假装不知情，平静地说："怎么了吗？我原本想找你吃饭来着，看你一副还没睡醒的样子，我自己去就好了。"

雅琴急忙附和着说："要不晚上我们一起吃吧。"

我回她说："不用了，晚上我前公司同事聚会，就这样，你好好休息吧。"

没等她下文，我将电话挂断。

其实我也没多想什么，你做什么是你的自由，你觉得这样能使自己开心就行了，起码你还有对生活的一丝态度，而我连你这一丝态度都没有。已经忘记是怎么坐进车子里面的了，只是感觉浑身无力，雅琴没有对我发一句牢骚，可她偷情的事实让我有些不能接受，那应该不是我过去了解的那个她啊。不过仔细想来，什么都在改变，婚姻不就跟爱情一样，爱情有保质期，婚姻却没有。不该这么说的，中国有十几亿人口，每年都能总结出来个离婚率。

那个瞬间我就在想，如果说结婚还有什么意义的话，那可能就是为了繁衍后代，可我们这个年代的人还会将这观念看得那么重吗？我内心的回答是否定的。这个世界在逐步走向科技化，未来太多复杂的事物都会简单化，都将被取代，包括你我。

这个时候我想起了之前朋友经常提到的算命的，被他们说得我都相信了这个世界是真的有神话里的那些角色存在，他们抱着自己身边貌美如花的老婆说那是算出来的天运，让我在旁边看着都觉得浑身在起鸡皮疙瘩。我不信命运，我只想让当下的自己过得快乐就足够，如果命运真的能算出来，我愿意花尽所有钱财回家睡大觉去。

回家路上，面对雅琴接二连三打来的电话，我选择听而不闻。内心觉得两个人之间已经有了距离感，虽然这个距离感连我自己都觉得莫名其妙，可面对抽象的现实才明白，很多时候我们能原谅自己所犯的错误，可对身边朋友的错误却不能熟视无睹，这是自私，还是我的内心世界太小了，我分辨不清楚。左脚死死地踩着刹车，停顿在开五分钟歇息十分钟的拥挤马路上，通常这个时候喇叭的响起能很好判断一个人性格，我死死按着方向盘上的喇叭键，想寻找一丝变态的快感。右边那辆大奔主人在微笑地看着我，像是在说，小样，在那里按那破喇叭管什么用。我也回他微笑，接受他的那份嘲笑。

生活就是这样无情，戏子就是那样演绎，最后我只能归因于这个社会的规律。

我又重新去上班了，两点一线早九晚六周末双休的普通北京职场，我们还应该继续努力让自己成长起来。

不断替换的秒钟就像是一台跑步机，你是有资格按下暂停键来休息，但结果就会是停留在原地望着在不断远去的对手深深叹息，后果就是当对手站在顶峰谈笑人生的时候，你却还停留在原地感叹不已。生活不都是这样，要么就是运气好，顺风顺水地前进，要么就是运气差，始终停留在原地挣扎呛水，你不要否认，有时候真的是运气。

而那些没有情商的人，连运气长什么样子都不知道。

现在是深夜十一点四十九分，我将要把这篇文章写完，看向窗外，车子的尾灯还是在不断闪烁着，将这座城市装点起来。其实这座城市并没有想象中那么凶，相反它很温柔，温柔到你稍微有一点邪念都会被它柔的那一面反弹回来，让人感觉很是头疼。

后来公司业绩总体提升，租了大巴占用了周末两天时间去了河南重渡沟，那里一排上百家的旅馆兼饭店，门牌上的名字让人目不暇接，并且让人觉得很有诗情画意。其实走了一圈下来最大的感触是，山沟沟里的山是配角，而那些做生意的当地人才是主角。

那天半夜，我被冻醒了，走出门外感受着那份难得的静。

有多久没有享受过这份静，虫儿的叫声像是在告诉我，所偶遇的一切早已落定。

倒映在月光下的伏特加

吸进已经被上一秒淡忘的空气，呼出的哈气告诉我已经是冬天了，昨天我还穿着白色破洞的牛仔裤约会，今天却已经感觉到大腿在僵硬地向前迈着，破洞口子处的皮肤已经失去了知觉。

路过夜总会门口的时候，看到三个外表非常妖艳的人靠在门口右侧优雅地抽着烟，别问我怎么一眼就能看出他们是……，是他们抽烟摆出来的动作太过于僵硬。

可他们终归是男的，穿着单薄肉色丝袜却没有一点发冷的迹象。

抬头才发现今天没有太阳，覆盖着晴朗的乌云像是在歌颂光明应该归属于黑暗，这种笼罩，让人发自内心地觉得很是伤感。路过宾馆的时候，看着笑容挂在脸上的情侣，我笑了，笑昨天的约会更像是葬礼，虽然这个比喻并不生动，可孤单带给人的感觉也不过如此。

而那逐渐消失急着要去躲到温暖地方的人群，使大街上热闹的气氛迅速变得冷清，此刻应该很有氛围地拍一部悲剧，主角是已经分手的我和你。

没有恋爱时，从书本里看到"分手"这个词语，觉得很不可思议。直到下了晚自习，看到时常在学校炫耀的一对情侣在树林后面打架，女的被男的压在身下扇着耳光，抽泣的哭声让那个原本还算平静的夜里多了几分压抑感。年轻应该就是这样，所有事情都发生得毫无征兆。

那时候我和一个很漂亮的女生做同桌，我暗恋她却不敢向她表白，感觉她就是只能远远观望而不可轻易触及的那种。她总是注重学习，没有将感情放在天平的另一端，不然一整座学校的男生应该都会臣服在她35号的小脚下。跟学习好的人在一起就是有一点好，所有的作业都可以放心地抄，这让我有了多余的时间来写歌词。当时的创作量真是超大的，一天至少可以写三首歌词出来。从开始的句子通顺到后来的学习押韵，到最后直接刻意模仿一些最新流行歌曲。虽然当时没有太多情感在脑海里浮现，但是一部部偶像剧里的经典台词，让我复制得内心十分畅快。当然，这些文字的成形都让我这个漂亮同桌觉得很是神奇，她看我的眼神中常带着些许崇拜，让我的虚荣心得到了极大的满足。

同桌的名字叫林夜蓉，我曾经问过她是喜欢黑夜吗？她说自己很怕黑，晚上一个人睡觉的时候总是要蒙住被子，只露出小巧的鼻子来呼吸。因为总感觉黑暗中会有一双眼睛在背后无时无刻地盯着她，即便将整个房间的灯都打开也一样。当趴在阳台透过玻璃看窗外时，感觉被一盏一盏灯光照亮的房间不像是温暖点缀，而是陨落下来的星辰在孤寂消耗着自己的最后余温。

当我跟林夜蓉靠在窗口对话的时候，操场上的人群正热闹地向着校门口移动，永远都那么叽叽喳喳的，有说不完的话题。我想努力在人群已经消散的空旷校园里，寻找一丝曾经移动后重叠的身影，而留给我的是林夜蓉没有说再见而转身的斜影。

我慌忙追上去问："如果有一天，深夜的空中没有一颗星辰存在来照亮大地了，你该怎么办？"

林夜蓉没有转过身来看我，只是将散开的头发甩了甩，她总是喜欢这样，而我也很喜欢她的这个动作，飘散在空中的发香很迷人，那应该是海洋的味道，虽然我到现在还没有去看过海，可跟在林夜蓉的身后，我想象到了一汪粉红色的有着百米清晰度的海洋。

她说："如果有那个时候，一定是上帝的眼睛瞎了，如果它的眼睛瞎了，我们还有存在下去的理由？"

林夜蓉回过头来认真地看着我说："我相信那个时候，会有一个心疼我的人，将我牢牢抱在怀里，让我拥有所有的安全感。"

说完她伸出手来帮我整理了一下凌乱的衣角，一副说了你也不懂的表情，让我感觉自己就像一个什么都不懂的小孩儿。

虽然写歌词给我的生活带来很大一部分乐趣，让我的情感逐渐丰富了起来，可是那种玩世不恭的态度却是刻在骨子里的。我总能想出不同的方法来逗别的女孩子们开心，可面对林夜蓉的时候，我总是很胆怯，害怕一句话不对而间接地惹她不开心。而林夜蓉的存在总是能让我静下心来思考自己未来的人生，可终归是个十八岁的孩子，想破头也只能沉浸在自己编织的美梦里。花谢终有时，不该是此时，我当时的梦虽然很轻，都能随着风飘起来，可圈子却太小了，只能在那个不停循环的道路上游荡着。

能被记忆的，都是想忘的。所有的一切都在改变，别说我们的容颜，就连我以为能永恒存在的那所校园，也早已被新生的大型超市所取代。我知道当时并不是我太幼稚了，而是黑夜交替的推移让我没有了转身的勇气，很怕一个不小心，便被岁月快速推过的洪流狠狠卷倒在地。

思维确实是个很奇怪的东西，它能为你展现出另一个奇妙的世界，通过电影画面让所有人知晓。闭上眼睛，每个人都有这样一个世界，是你不相信自己，不敢去打开，将自己固定在原有的记忆里。

林夜蓉一直在我十八岁的记忆里涂染着新鲜颜料，像是恋爱过，当时的甜蜜现在再也无法重温，而那些颜料在逐渐堆积着，我很怕哪天会将那个空间填满，而那个时候，应该是我去参加她的婚礼的时候。

昨天晚上被几个同事轮流灌多了酒，最后怎么回来的已经忘记了，中途有好几个电话打进来，我都在不停地按着红色按键挂断，最后直接将手机丢在了地上，失去了意识。然后再醒来已经是中午了，趴在床上努力将胳膊拉长，好不容易够到了手机，发现屏幕已经碎了，打电话的是小萱。

已经好久没有联系了，我想不到她给我打电话是因为什么，打开微信问她"怎么了"。

半晌，她回了过来，封采雪死了，昨天晚上堕胎死了。

还有些发晕的脑袋瞬间清醒过来，震惊、怀疑、难过、沮丧等情绪像是旋律般在我脑海里疯狂掠过，瞳孔看到空气中有蚯蚓般形态的立体物在不停涌动。

封采雪是小学的班花，很漂亮，当时我惹她生气，她气得直接将我的作业本撕掉，不过没有告诉老师。

我一直都以为长得漂亮的女人，走到哪里都会是焦点，被所有男人宠着，被所有女人羡慕着。后来随着年龄增长，自然也经历多了，看到太多漂亮的女孩在为各种男人服务着，可这类女孩毕竟是陌生人，毕竟只是一夜的玩伴，封采雪不一样，她是我小学六年互相陪伴成长的人。

手里使劲攥着已经碎屏了的手机，细小玻璃的边缘已经随着掌纹扎进了皮肤，还有鲜血流出，我却感觉不到疼痛，难受是最好的止痛剂。

窗帘缝隙中像是看到有雪花在不停地飘落，开着空调的房间让我感觉置身在夏天，两重天仅隔着一层玻璃，我们是不是距离死亡也这样？

我已经忘记了回微信，可能对面的小萱比我还要难过，她们两个是从小玩到大的，我怎么回复她都觉得不对。

你是真的不知道什么时候会跟通讯录里的人见面，所以也不知道该什么时候去联络。等有一天想听听她的声音，发现对方已经停机了，原来错过一个人的一生如此简单。

关于死亡，无论是什么身份，或许可以说是一种解脱呢？我这么安慰自己。

有很多时候开着车子在高速上行驶时，都会出现一种幻觉，下一秒我会狠狠撞在左侧的围栏上，车子零件被冲击力撞得稀巴烂，而我自己是什么结果，却从来没有想过，不过我知道这种事情一般不会出现在我的身上。

二十三岁的时候，我发现自己并不是一个非常乐观的人，经常会因为一件小事而纠结好长时间。如果最后结果偏离了我的想象，我会为此一直纠结下去。

这样并不好，连我自己都知道，可就是改不了。

失恋是件还不错的事情，起码失恋发生在林夜蓉的身上时，我是这么想的。

她打电话约我出来哭诉着说我最懂她，说实话，我反而有些开心的情绪掺杂在安慰她的话语中，因为只有在她最爱的人给她打击后，她才能有时间来找我倾诉。

说对方怎么伤害自己，说对方怎么就忽然不爱自己了，说自己比丑小鸭还要可怜，可爱情不就是这样吗？

在成长过程中，我不断见证着她的一段段恋情，有想过如果我说出"我喜欢你"这四个字后，她还会不会再跟我联系。可能在她眼里，朋友才是最忠诚的。

外面已经是一片雪海，这个季节，真的很适合"浪漫"这个词语，洋溢在路人脸上的笑都很真诚，隔着保暖手套拉着对方，感受到的温暖可能比炽热的夏天还要深入人心。

我曾经写过一段话，写的是分开都分开了，就别再插播理由把痛让一个人承受，不是你说的理由冠冕堂皇，是对方懒得再去追究。现在我觉得这句话写得并不通顺，爱情里面的所有理由都有不公平在掺和着，太过公平的爱情就不真实了。

林夜蓉也像是哭累了，侧脸靠在我穿着羽绒服的肩膀上，双手牢牢交叉在胸口，呼吸有些急促，眼泪早就把妆容打湿了。

其实有时候我也好奇，人生究竟要经历多少悲剧才能换来一场喜剧。后来生活告诉我说，感情不会妥协，早点适应，早点结婚，早点将一切经历未必不是一件好事。

后来林夜蓉一个人去了巴黎，凌晨三点给我打来电话说了些莫名其妙的话。

又说："记得以后累了也不要轻易转身，那样只会让你更累甚至疲惫，我内心早已经预料到这一切都会来，可没有想到会如此之快，明明前一天晚上还在有说有笑。"

她说："早就已经武装好的心房，就等他最后开口说远离。其实很正常，不用觉得对不起，连赖以生存的食物吃多了都会觉得腻，何况早就已经无话可说的感情。"我当时还没有睡觉，揉着熊猫眼在电脑前写着东西，她的文艺情怀反而让我有些不太适应。顿了顿，喝了口刚煮好的咖啡说："其实你们都有错，就当是在成长吧。就像是在某本书中与作者产生共鸣，笑了，哭了，完事后再从网上试着了解作者，还带有些崇拜，却没人懂得背后的孤独，谁会去管不为人知的一幕。你们两个人的最后只有你们当事人自己清楚是怎么回事，我没有说你有博取同情的意思，只是真的该将这些转化成前进的脚步，而不是继续后退的倒影。你看我，都被女人要了多少次了，现在还不是好好的，要不要我们现在在一起，让你狠狠要我一次。"

林夜蓉，真的很想在这个时候跟你分享一首最爱的歌，却怕你听完后想到的不是我，自欺欺人就是这样的，你心里从来没有过我。有些时候真的只是想单纯地跟随自己的内心走下去，可是却发现这真的很难，人心是最不可参透的。

我曾经很容易知足，随便一点好处就能将我打发，而现在站在北京三里屯的十字路口，能看到的只有自身在不断膨胀的欲望跟飘浮在头顶上的那颗早就已经漆黑的心灵。在这被所谓的豪华堆积起来的钢铁建筑上，有多少人在背后笑着俯瞰人群，数不尽，留下了不停编织的骗局在不断繁衍生息。它们骄傲地存在着，从来没带有一点要将此宽恕的证据，这只是世界的一处微不足道的角落，还有多少在不断上升的视野在准备给定局的目标致命一击。

已经透明化的信息时代，甚至能将一个人的全部资料用钱买尽，它就像是在逐渐发育的巨兽，飞快成长后被迅猛吞噬，最后等待着心狠的人摆布，法律在这个时候扮演着什么角色，我到现在都很好奇。究竟是我的心灵太过于肮脏，还是说在被同化的时候，没有将思维都消耗殆尽。

我多想一眼能将自己的人生看穿。

而这些问题可能到我被埋葬的那天都不会出现答案。可这个世界的运营模式本来就是这样，没有欺骗哪来的挥霍，我只期望自己未来的人生能够渺小点卑微点地过完。

大部分时间都一个人在街上走着，看到秀色的眼神会跟着消失，看到邋遢的赶紧避而远之，就这样评判着别人，却始终都不明白自己在路人眼中扮演着什么角色。

失恋后，林夜蓉没有再谈过恋爱，很多时间都会跟我泡在一起，亲密朋友的那种。我们周末经常开半天车子回到上学时经常路过的那条街道上，彼此无言，就沉默地向前走着，仿佛这就是两个人最开心的沟通方式。

旁边那个卖牛肉板面的阿姨盯着我们两个看了好久，直到翻滚的热水打到了她的指尖，才慌忙拿起右侧压好的面条放入锅中。

那些下了自习课的夜晚，我和林夜蓉经常会从校园后门翻墙出来，小跑一公里到这里来吃一碗加鸡蛋的板面。老板娘也很大方，虽然要的小份，但给的量差不多已经接近了大份，我边吃边自豪地吹牛，跟林夜蓉说着未来，而老板娘在一旁笑着听着，不时还插播一句"我看好你"之类的话，其实我能看出她说话的表情跟我妈敷衍我的表情很是相似，可谁不喜欢被别人夸奖呢。

这里的野狗很多，回去路上经常会碰到，每一只都会将林夜蓉吓得尖叫起来，她在原地一动不敢动。其实我也害怕它会咬我，所以尽量不去招惹它。我走到林夜蓉的身前，用一只手小心地捂住她的眼睛，另一只手拍着她的后背，两个人慢慢向前挪动，直到听不见狗的喘息声才放下心来。

封采雪下葬的那天我去了，第一次见到了白发人送黑发人的场景，我从来不觉得自己是个软心肠的人，可看着她妈妈一直跪坐在地上哭不停，眼睛肿了，衣服皱了，嗓子哑了，我就看着，仅仅只是看着，眼泪就不自觉地掉了下来。

那天我跟小萱吃完饭后就一直在封采雪的房间地上坐着，我手里握着瓶将要见底的白酒，小萱抽了多少根烟，数不清楚了，烟灰早已将她的黑色丝袜装点成了灰白色。

她眼睛失神地问我："你说雪雪她爸妈以后该怎么办啊，她们就她这么一个孩子，养了二十多年，现在说没就没了。"

我无言，不知该怎么回答或是安慰，我将她手里的烟拿过来用力抽了一口，吐出的烟雾模糊了双眼。

她接着说："我早就劝过她好多次了，她觉得我说的是废话，她觉得自己是独立的，什么烂大道理，都是这个社会说给未经人事的小孩听的，她既然明明都清楚知道这一切，为什么还要往火坑里跳呢，人生就该如此不值得珍惜吗？"

我不想让她再说下去，站起身来拍了拍身上的灰尘，已经被酒精麻痹的脑袋让我又摔倒在了地上，无力地扭过头看着小萱，吃力地说："坦白讲，我都不知道该以什么样的视角去看待这个时代了，感觉像是又回到了原始的野蛮不讲理年代。你知道什么是虚无主义吗？感觉我们现在这些年轻人就深陷在里面不可自拔，很多事情已经变得毫无意义。

像我们这样每天固定地生活，沉默地等待着死亡的到来就一定是对的吗？不是，什么都不是。"

小萱听完抬起胳膊狠狠给我左胸口一拳，脱口大骂："我拜托你别拿那点臭文艺出来嘚瑟，现在的情况是小雪再也睁不开眼睛了，你这么说就不觉得自己很虚伪吗！"

我说错了吗？想了很久都得不出个答案。说实话，怎么定义对与错，我真是相当地想不通，我只知道封采雪再也不会出现在我们的视线里了。

我很怕有一天也会有类似封采雪那样的下场。

有时候也很想要寻找一个信仰，却有太多虚妄凝聚在黑夜里张狂，让人觉得很是迷茫，而天亮对应的从来不是遗忘，嚣张对应的却是投降。

摊开手掌，真的想对这个世界投降。

我就这个话题跟林夜蓉聊过，那天晚上我们走在传媒大学里面，手里捧着还有余温的奶茶。林夜蓉伸出手来摸了下我被冻得发红的脸颊，她说："有些事情的发生，我们本来就阻止不了，而你用你自己的世界观去劝说别人本就不对，又怎能让别人去深刻理解呢？就跟你朋友的死一样，我们没有能力去扭曲一个人的思维，因为在她的领域里，就没有错。"

月光透过干枯的树枝照在我们的身上，这一瞬间我感觉自己变得颓废了，我在想，迷失究竟是为了逐渐让人看清楚，还是让人学会失忆。

过年的时候，我去参加了高中聚会，一大群人约在石家庄最豪华的酒店里，酒店的老板是我们同学的爸爸。彼此之间恭维着，聊了半天都找不回在校园时的那份肆意，工作的工作，结婚的结婚，生娃的生娃，能听到的只有所谓的生活。

说着说着，听到了哭声，是小月传来的，我们都看向她，她哭的声音更大了，哽咽着说："我们好像再也找不回最初的那份认真，我们都变了，我都开始想象有一天所有的孩子都叫我阿姨的场景，我害怕。"

所有人都沉默了下来，直到服务员推开了门给我们上菜，性格活跃的老赵赶紧站起来招呼大家该吃吃，该喝喝，今天把所有的架子都卸下来，我们都还是当初那个混子七班。

大家一起把杯中的酒喝进喉咙里。

林夜蓉凑过来认真地对我说："我相信十年后，不管大家变成什么样，不管距离多远，都会来赴这个约的。"

我看着化了淡妆的林夜蓉，离得这么近，熟悉的发香味传入我的鼻孔里，点头肯定道："一定会的。"

其实我心里犹豫，没有理由，就是潜意识感觉。

那天晚上小风喝大了，直接跪坐在地上抱小月的大腿，诉说着当年未来得及说出口的情话。

老江喝大了，直接跑到大街上发酒疯去了。

小苏也喝大了。

我没喝大，却假装喝大了，靠在林夜蓉的身上小声地问："你有喜欢过我吗？"

林夜蓉摸了摸我的头发，回答我说："如果做朋友，我们会在一起一辈子的。"

我沉默，站起身来向着外面的黑夜走了出去，我知道这是最后一次对她失恋了。

在高中毕业的最后一个月里，我和林夜蓉经常爬上教学楼顶，站在比肩高的围栏后面，感受着微风吹过衣角，想象着我们就是这座学校的主宰者，能裁决我们的只有高高在上的上帝。

而我好像一直都小看了近视眼的视力，曾偷偷在铁栏上刻下"林夜蓉，我想跟你在一起"几个字，虽然不是太过显眼，可只要将瞳孔的聚焦点轻微划过便可以清楚看到。我时刻期望着林夜蓉能看上一眼，然后惊讶地问我怎么还会有人这样暗恋她，谁知直到最后离开校园的那天她都没有发现，我不知道她是假装的还是假装的。

有些缘分的消失并不是因为错过，而是它根本就不是你所想的缘分，因为缘分是需要两个人共同点头的。

我有勇气一直等下去，却没有勇气看你每天孤身一人去面对生活当中的琐碎事务，那应该不是成全，而是真的累了。

大学那会儿在公交车上遇到个特别中意的女孩子，但当时胆小，便一路紧盯着她，心里始终有声音催促着我上前去要电话号码，可我感觉两条腿像是被挂上了千斤坠一样，老实地待在原地不敢轻易移动分毫，直到人家到了自己的目的地要下车的时候，我也快速跟了上去，在后边猥琐地跟着，现在想起来都能感觉到那种特别的猥琐。我的脖子僵硬地向前伸着，眼睛牢牢盯着，害怕一个不小心便跟丢了，忘了拐了几个转角，过了几个红绿灯，偷偷在后边停了多少次，最后亲眼看她牵起了别的男人的手。那瞬间我感觉我的世界是崩溃的，就跟电影里面主角昏倒时的镜头一样，人群开始旋转，双腿变得无力，还好没有直接摔倒在地上。

熟悉的缘分并不是因为面孔，迈步的大小并不是因为熟悉，想要拥吻的瞬间并不是因为我爱你。生活当中太多的未知，可能很多时候并不需要理由去解释，随着感觉去经历短暂的际遇就足够了。可能有时会因为抓不住放不下而选择自欺，这没有错，但是时间最后会告诉你那是错的。

我也时常在酒吧喝到七分醉，左手握着半瓶没有瓶盖的伏特加游荡在街头右侧，试图好好跟自己对话一次，可看着霓虹灯将自己的白色鞋子浸染成了不同颜色，我明白了自己有多不自量力。

小月在聚会那天晚上还说了段话，她说："我们这些老同学每次见面都说自己又老了，确实如此，我们都找不回过去的那个自己、那段梦想了。你们看我过得多好，有钱的老公能让我拥有物质上的一切，小到手机包包，大到房子车子，可有些时候我都感觉自己很可怜，我已经是结了婚的人，这些东西再怎么炫耀都已经麻木了，没有刚开始那种感觉。每天逛的还是那个商场，每天吃的那几个星级酒店，那些服务员估计看我都觉得恶心了吧。一年三百六十五天，我有三百天感觉自己精神上是空虚的，甚至都有些抑郁。说出来不怕你们笑话，我很多时候都能看到自己老公身上布满了别的女人指甲留下的痕迹。我们原来都想着将来要过不一样的生活，可最后不都跟随了彼此的足迹。"

涂染昂贵指甲油时透露的是虚荣，穿着肉色丝袜逛街时暴露的是灵魂。

玫瑰之所以永不会凋谢是因为虚构，欲望之所以冲向云层之上是因为本能。

活法不同，拥有的不同，有些东西真的无法复制。

生活中的很多剧情，被第三者说出来，没有人知道那是虚构还是真实，或是，将此当作仅供参考的时间节点。有时候真的感觉自己的圈子挺小的，总是只有相同的几个人在不同的时间段里逗留着，内心虽然非常抗拒这样的生活，但是却又无力反抗，而出现在不同空间里代表着一个节点已经逝去，就算选择不去遗忘，也会被下一个节点的锋芒无情斩断。

过去我总在不同的空间画面里想象着，未来能够跟林夜蓉在一起的幸福画面，而现在离幻想的时间越来越遥远，那感觉，就像是自己跟自己对弈，不肯让任何一边占据劣势，最后的结果不是平分秋色，而是两败俱伤。

每次听陈彦允唱《等一个人到老》的时候，我都感觉自己的感官在随着每个音符的输出而颤抖着，那句"等一个人到老，等到天荒地老，等到不是世界末日，就是我死掉"，让我感觉等一个人这么多年都是值得的，虽然当作故事说出去会让人觉得很是搞笑，可当事人心里想的真的很简单，这是我的人生，我自己乐意就够了。

可面对不断在改变的生活，我最后只能选择妥协来催眠自己。

不论内心世界是多么抑郁，生活总还是要一如既往地继续下去，每天中午都会在二十七层高的阳台上小眯一会儿，试图将身体里面的阴霾全都蒸发掉。

离最初的开始已经过了两个五年，没有任何值得说出来的成就，一切都是庸庸碌碌的，是真实，是踏实，可这个社会需要的并不是这样的人。这样的节奏已经让我成为一个比较懒惰的家伙，仿佛只要每天能看上自己喜欢的综艺节目，吃到让味蕾会笑的美味，就已经是最大的知足了。

我有努力想过让自己回到曾经许愿的正轨上，可放空自己来观赏沿路风景已经变成了难以戒掉的毒瘾，像是只有亲手能抚摸到的、亲眼能看到的才是最真实的。

在北京的生活其实也并没有社会舆论中说的那么忙碌，我经常会用周末时间去参加各类行业会议充实自己，顺便改变着自己有些内向的性格。空余时间我总会开着车子从朝阳区到海淀区找林夜蓉消磨时光，而她的周末就比较简单，一个人在家里照料一下植物，拉起窗帘看着《拳拳到肉》的美剧，偶尔还会自己对着沙袋挥上两拳。我去找她的时候，她会一个人用一下午时间研究在网上看到的奇怪地区菜，很奇怪，她每次炒出来的算不上难吃，但也说不出来哪里不错，总结下来就是比我煮方便面要好吃得多。她住在单身公寓的二楼，空间很大，阳光照射进来的角度很柔和，以至于我觉得看似非常干净的客厅被我用沙发靠垫轻拍两下，就能出现尘埃。

在这个时候，我总会出现一种错觉，我们是结婚已久的夫妇。可是抚摸不到的衣角告诉我说，那仅仅是你的错觉。

伸手向后抚摸回忆，能感受到温度，贯穿了初始的连接点，如果这就是最后的底牌。

经常会在凌晨，从酒柜里拿出瓶伏特加，坐在靠近阳台的地毯上，自己品尝着。但我真的不会喝酒，喝第一口的时候总是会不自觉地咳嗽一下，虽然在此之前喝过的伏特加已经能堆积满一个酒柜，我却始终都适应不了这种味道。总是想要去尝试适应，尝试习惯，从未如此执着于一件事情。

我知道在很多人眼里，我根本就什么都不是，也知道每个人心里能认真装下的人太少了，所以会间歇性遗忘，我什么都知道，就是不知道如何说服自己。

我想起第一次在酒吧喝洋酒的场景，觉得自己挺厉害的。我那时直接喝到失去意识躺在地上，第二天在医院打点滴，我不知道什么时候会将这段场景彻底遗忘。

我已经忘记了喝第一口饮料时的感受，却牢牢记住了不断将杯中酒洒向喉咙就能忘记一直不想忘记的那个人。

这就是青春吗？当我打电话问林夜蓉的时候，她正在写着企业策划案。

她说："你平时总是想太多对现实毫无意义的事情，可能这些事情对你写作有很大的帮助，可总不能将此带到生活中来啊，你写的东西总那么伤感，为什么不能换个角度看世界，写一些能温暖人心的东西，你没有能力来戏弄这个世界，但你有能力来温暖这个世界。"没等她说完，我将电话挂掉了。

这时我忽然想到了初中时的音乐老师，她是我年少时心中最美的女神，都十几年过去了，闭上眼睛仍能清楚地描绘出她的轮廓。当时她教我们的第一首歌是薛之谦的《认真的雪》，我们一群孩子坐在多媒体教室里看着这首歌曲的 MV，我当时只是觉得这首歌描述的画面很美，虽然歌词里面的内容完全听不懂。而她却闭眼认真听着欣赏着，好像还有眼泪流下，只是一瞬间，便被她用手背擦掉。其他同学没有看到，因为他们一直看 MV，只有我一直在盯着她。

　　没两年，就听说她结婚了，跟一个公务员，婚后在家做起了全职太太。我再也没有见过她，只是现在想来，觉得很是替她惋惜，以她的长相和歌声，真的不该就那样平庸地过完这一生。可想想自己，好像也不过如此，非要扯着性子选择一条旁人觉得很遥远，家人完全不认同的道路？但这应该不是错，而是尊重并追求自己的选择，我就无数次这样安慰自己。

　　在将自身保护膜褪掉以后，或许这就是人类最单纯的想法，在最后一杯伏特加喝完之后，我用力将玻璃瓶子丢向视线中的墙壁，瓶碎声裂，面目全非。

　　冬天的夜显得格外深沉，空调吹出来的暖气打在我的右肩，左肩被微开的窗户吹进的风冻得瑟瑟发抖，意识已经感觉很模糊了，却待在原地不肯挪动，不肯将使劲睁大的双眼合上。是在等待着什么，没有开灯的客厅只有外面霓虹灯照进来的微光，是在倾听什么，是左侧吹进来的，还是右侧呼出去的？

　　或许这就是人类最单纯的想法呢，像是梦，在此刻逐渐遗忘，我庆幸与生俱来的荒唐来自内心的真实镜像，不需要任何人最后为我颁发勋章，只要有一丝星光为我保驾护航，就是我最后的欲望。

　　我能想到林夜蓉有一天会结婚嫁人，但我想不到那时候该怎么跟她继续做朋友，不是我想太多，而是有些事情到时候是肯定要面对的，面对她的老公，面对她的包包，面对我曾经那么喜欢她。

　　不停穿梭在黑洞中，不停推进却始终握不住的时间，有多少跟我性格完全不同的角色在这个世界的角落里凝视着眼前的迷失。

　　我的灵感从来不会出现在黑夜，曾经我和明哥去深山里野营，那种静，让我真实感觉到了孤身一人的可怕之处。是在夏天，周围却没有虫子的鸣叫声，隔着薄薄的一层帐篷，我想是看到了外面有一丝光点，像是萤火虫，可打开帐篷一看，只有透露着月光的漆黑。我是无神论者，我不相信这个世界上有超自然的东西存在，可我怕鬼，或许是我心里总有亏心事在作祟吧。

　　我叫醒了明哥，他笑话我，可是没有选择遗弃我，我们两个点起了火，听着柴火燃烧时发出的噼里啪啦的声音，看着火苗上方不停飘起的尘埃物，我们两个就这样选择沉默，没有主动跟对方说话。直到火苗燃尽，我突然的一声吼叫惊醒了旁边一只沉睡的乌鸦，惹来它的嫌弃哀叫。

　　明哥踹了我一脚，吼骂道："鬼叫什么，吓死老子了。"

　　我瞬间扭头盯着他，吓了他一大跳，他的身体下意识往后一躺摔倒在地上。

　　我兴奋地说："你看着火苗从柔和到旺盛再到衰弱能想到什么吗？"

　　明哥被我吓得回了句："什么啊？"

　　我说："我仿佛看到耶稣死的时候露出的表情了。"

　　我的话才说了开头，明哥就起身往帐篷处跑，嘴里不停大叫说"我被鬼附身了"。

　　7月的天空很晴，却抵挡不住树林里的阴。

　　或许那只是瞬间，或许那只是我的想象，我仿佛看穿了自己的一生。就像那些有宗教信仰的人一样，他们并不是我们内心所看到的执着，而是对这个世界抱有最后一丝善意。

　　但其实不管我当时想到了什么，随着黎明的到来，我都会忘记，谁都摆脱不了意外的到来而蔓延至一生，这就是时间节点留给我们最残忍的延伸。而到最后年迈了，醒悟了，才发现，我们所能做的，就是伴随着彻底闭上眼睛的倒计时。

你不是喜欢这座城市，而是习惯了这座城市。

最近朋友圈里在聊"你喜欢现在所生活的这座城市吗？"的话题，每个人的回答都不相同，但大部分人都说喜欢，更多人说的是习惯。确实，肯定是某座城市的某样东西吸引着你，你才收拾好背包不顾周遭人的反对，充满激情前来。

最后不管混得怎么样，如果不是不可抗拒的原因，一般都不会离开的，习惯了这里的生活方式，如果忽然间要去另一座城市，面对的未知数简直是太多了。

而我说不出来喜欢北京哪里，可我不知道离开了这里我能去哪里，即便我知道最后我并不能长久地在这座城市生活。

二十刚出头的时候独身一人来到北京这座城市，我很庆幸遇到了何老师，一个音乐制作人，他让我有了在北京立足的机会。近来我们好像有好长一段时间没联系了，但如果未来回到石家庄后再提起北京，我想到的第一个人一定是他。

在北京一待就是两年，回头观望时光所留下的痕迹，却发现什么都很模糊。

我看不清，在逐渐延续的静止空间里，我看不见。

就像时常走出地铁口时，想到的并不是我要去哪里，而是我为什么要去那里。

周末的时光从来都是用来挥霍的，而不是想去学点什么，虽然每个周一的上午都会给周末的自己定个目标，可随着时间的推进，我只想随着自己的潜在步伐去过得快乐些。当把原来的三星笔记本丢弃，换上苹果笔记本的时候。当之前想着可以买台苹果笔记本学习，而现在仅仅只是用它来娱乐的时候，我能感觉到自己的青春在快速写着倒计时了。

当拥有了期待已久的东西时会发现，虚荣心并不是给自己的，而是给期待已久的炫耀。

我想用不了一个礼拜，连自己都觉得快要腻歪了吧。

林夜蓉发消息问我，说什么时候能看到你写的书，我想了半天回了句，或许这辈子都不可能吧。虽然我也想要将笔端的文字汇成书籍出版，可心里总是疑惑着自己是否真的能做到。

晚上我们相约去欢乐谷，我很喜欢看她孩子般的笑容，这里是能看到她笑容最多的地方。我能清楚记得曾带着几个女孩来过这里，包括她们的名字长相，那时候脑海里都是关于什么时候上床，什么时候分手的思绪。我很坏，坏到想要轻吻林夜蓉都不知道该用什么样的话语，什么样的动作，什么样的吻技。尽管我知道自己已经不是那个年轻不成熟的小孩了，可对她真的没有一点不纯洁的念想，连拥抱都觉得很是奢侈。

我经历过她的所有情感，却不敢写一篇关于她的故事，我害怕写的时候我会流泪，我害怕她将来如果有机会看到会伤心，我更加害怕这些事情被我们这个朋友圈里的人知道。将这些故事留在我一个人的世界里就够了，我会好好保存。

我总是能从一些人的博文中，看出她们很无助。

每当不经意间看到这些博文的时候，我都会思考好久写出一段安慰的话语，我不知道最后对不知隔着多少公里的对方有没有一点安慰作用，可我真的会看完那些博文后，莫名其妙地心疼一个人，我知道她现在有多迷茫。如果我能不经意地传递一点力量，也是对自己的一种最大安慰。

你没有能力靠短短几十个字去安慰一颗受伤的心灵，就跟你连自己都治愈不好一样，你觉得所有人都不了解你，可你有真正去了解过自己吗？你不懂，什么都不懂，即便你现在写这段话的时候鼻孔是在迅速收张，眼泪即将突破眼眶。

　　没有想着去找什么牵强的理由，毕竟这就是最真实的我，可能永远都不可能去真正了解自己。就算觉得想要拥有的并不多，想要了解的并不多，反正觉得想要的，都是奢侈的。

　　张爱玲说："时代的车轰轰地往前开，我们坐在车上，经过的也许不过是几条熟悉的街道，可在漫天的火光中也自惊心动魄。可惜我们只顾忙着在一瞥即逝的店铺橱窗里，找寻我们自己的影子——我们只看见自己的脸苍白渺小，我们的自私与空虚，我们恬不知耻的愚蠢。谁都一样，我们每个人都是孤独的。"

　　但其实我一直在努力否认着这段话，过去的每一天都将自己变得很充实，下班都会参加各种聚会，如果实在找不到人陪，便去酒吧"勾搭妹子"。可现在回看过去曾走过的一串串影子，我发现自己真的很可怜，每天挥霍的是时间，可年龄却不会轻易投降，我真的只是想过跟爸爸妈妈一样的生活，可真的搞不懂为什么现在总是事与愿违。

　　我梦到过自己老去的时候，跟爱人躺在露台上晒太阳，旁边有两个孩子在玩着拼图。是不是幸福？我现在就想穿越时间去享受那样的幸福，哪怕付出的代价是空无的生命。

　　什么都会忘记，包括我现在觉得生命里最重要的那个人，我都知道。

　　我只是希望在将这一切忘记前自己是开心的，视线模糊的时候嘴角是上扬的。

　　可能永远都不会将生活中的点滴小事领悟透彻，即便是看尽了所有的潮起潮落，只是真心祈祷年老的时候我不会责怪现在的我。

愿天使替他守护你

1.

已经下过三场雪了，室内与室外空间最大的区别在于玻璃上那一层厚厚冰花。地板是烫的，可能是因为下面有地暖，也有可能是空调运行了多少小时后将房间每个物体都膨胀了起来。桌上的香蕉已经全是焦黑色，那条小狗窝在角落里一动不动，只剩下眼珠在不停打转。小婷感觉自己身体的水分在这样的空间里，正一层层被不断吸走，脸上皮肤变得枯黄起来，奇怪的是小婷在这种氛围下，脑海里有种莫名的享受，使她感觉比任何开心情绪还要令人愉悦。

小婷软绵绵地坐在地板上，后背靠的是双人床右侧。已经很困了，但手机不断传来的铃声，让她已经昏睡过去的思维不断清醒过来。对，这就是那种享受，像是抽了无数根烟，脑袋轻飘飘地在不断往上空冲击，什么都不用想，也没了力气去想，但千万不要坠落下来。

作为经纪人，小婷每天都要往返不同场地帮艺人洽谈工作，每天自己的脸可以不洗，但艺人面部的每个毛孔都要指挥别人化妆到极致。在演唱会后台听着人潮不间断唤起眼前这位当红歌星名字，让小婷觉得自己永远都只配做个跟在不同红人后面的配角，配角到连自己的三围具体是多少都不知道，却早就将艺人的全部信息都牢牢刻在记忆里。

耳麦里传来歌手上场的倒计时，歌手吃的晚餐可能有些多了，将裙子背后的拉链顶得死死的，小婷在前面用手掌将微胖的肚子往里顶着，好不容易拉上一段，又被贴了乳贴的胸部卡住，歌手使劲吸着气，缺氧导致脸都憋红了，小婷见状直接用双手握住歌手那高高隆起的胸，像是男朋友捏自己那样紧紧握住，触感不是柔软的，昂贵礼服上的钻石快要将她掌心的皮肤刺破，终于，衣服穿好了，却又发现歌手脸上的妆花了，"不管了"，小婷吼了一句后便紧推着歌手登场。

好多人都想尽办法要看自己喜欢的艺人，那么想接近可能就是因为没有近距离看过，让他们跟艺人混一个礼拜估计就没人受得了吧。做经纪人是真累，去哪里都是伺候人家，自己可以一天不吃饭，但绝对不能让艺人少吃一顿，自己可以在太阳底下暴晒，在大雨天淋着，也不能让艺人受一点委屈，她坐着你站着，她睡了你还在看明天工作安排，可即便是这样，小婷也不知道自己为什么一直做这个工作。

鞋子前面的烟头在一根根堆积着，好多人都跑到离音响最近的地方听歌去了，有什么好听的，不过是被过滤后所展现出来的，自己早就在录音棚听过一遍遍清唱，听腻歪了。小婷的鼻子很小，视线往下方一低便能看到涂了口红的嘴唇，浓白色的雾气不断从喉咙里飘散出来，一呼一吸伴随着情歌沉重的节奏竟还有些快感，总是这样，别人觉得开心的事情自己觉得不过如此，别人觉得伤感的事情自己却是享受在其中。节奏声消失了，歌手要下台换服装，起身一脚将烟灰踢散，门口刮进来的凉风让深灰色的飘屑物冲击在洁白的小腿上，在留下一丝苦笑后快速跑开。

当一切忙完已经是凌晨，这座城市的人都差不多已经熄灯入眠了，就是这样反复着走在回家的路上，如果不出意外，踏进那扇熟悉的防盗门后一定会闻到浓重的白酒味道，男友除了每天出去鬼混以外，真的不知道他还能做点什么，三个月前从韩国当练习生回来，不对，应该说是作为被遗弃的练习生回来，通过朋友介绍找到自己这么个好欺负的经纪人，而自己确实也尽力了，将五年以来所有的资源都往他的身上堆，可能有些人天生就不是当明星的命，最后他也认命了，开始自甘堕落。

手机的铃声响了起来，已经是连续第九天来电了，该不该接，就这样犹豫地向前走着，随着对方手机听筒里传来"对不起，您拨打的电话暂时无人接听，请稍后再拨"，小婷这边的屏幕变换成了那张孤独的阿狐壁纸。

小婷一直觉得自己跟漫画书里的阿狐挺像，一副天真无邪让人觉得可爱的外表下面，总是隐藏着一片孤独雾霭，在时刻腐蚀着周围的金色屏障。不过小婷早就料到总有一天自己会将那层屏障磨灭，到时候会成为什么样子，有些不敢想象。

或许，就只能自我安慰着，说时间还长呢，不用慌。

手机又传来了信息的滴答声，小婷本能地以为给她发短信的都是些广告商、厂家之类的，便没有再看。

这个时候，小婷又想到了去文身，在左边乳房的上侧，刺一只天使的翅膀，因为她觉得自己这么伤感是因为没有一个善良的天使守护。这个想法已经持续了快半年了，小婷一直不敢去，怕会疼，怕将来会洗不掉，怕男的刺到一半的时候会控制不住欲望而非礼自己，但如果找女的刺的话，又怕天使会因为嫉妒而袖手旁观。如果说有刺青不是好女孩的话，那就当个坏女孩吧，至少对得起自己总是暗黑色的心脏。

对待自己的时候好像总是这样，能够将一件事情区分为多种形式，闺蜜说，"你这样就是在折磨自己，本来就是一女孩，长得挺漂亮，找个不错的人嫁了就挺好，非要苦命地在北京折腾下去，你这就是不懂得享受人生。"或许她说得对，初中时就曾在日记本中写过，"难受到了极致便是快乐"。

爱情、事业、深交三条不同曲线合起来便是最完美的道路吧？就这样一路上想着，也不是太累，也不是太寂寞。

推开那扇已经生锈的防盗门，没有闻到酒味，却听到传来了熟悉的钢琴声，男友回过头来笑着对小婷说："回来啦，是不是很累，去洗洗，我们睡觉吧。"

小婷有些意外地点头，放下包包走向了浴室，在慢慢脱衣服的同时，耳朵还仔细听着钢琴的旋律，那是男友专门为自己写的一首歌，自己用了半个月时间才小心翼翼将词填好。旋律是欢快的，自己的词却是透露着伤感的。里面有一句"谁能再一次让破了的茧忘记独奏，像是错过那趟没有终点列车沙漏"，写这句词的时候，小婷心里是想着前男友写的；还有一句"是否已被沦为遐想出丑，能否别把放手当作你离开的借口"，这段是想着初恋写的。整首歌词的大意是，我疯狂地在钢琴旁边弹奏腐朽，贯穿了两个时间点的梦来旧地重游。

小婷感觉自己就是一个令人讨厌的女人，把现任男友写的歌全用来纪念可悲的从前了，男友还傻乎乎以为歌词的意思是小婷差点错过了他。

洗完澡后小婷赤裸着身体走了出来，男友见状，起身上前用力揽住她的后背，突如其来的压力让小婷觉得嗓子有团气体被牢牢卡住。他总是这样，从来不会考虑小婷心里是怎么想的，这种感觉，让小婷觉得自己很是廉价。

这个时候小婷像是想到了什么，赶紧伸手将枕头旁边的手机拿起，手颤抖着将屏幕上的信息小版块打开，是他发来的消息，他叫周威，前任男友。

有两条信息，第一条是"那天晚上真的我是喝多了，那女的拉着我去的"。

第二条是"我真的是无时无刻不在想你，能不能给我一次弥补的机会"。

凌晨三点的时候，小婷和周威各自躺在床的一侧没有睡着，小婷没有睡着是因为觉得这样下去人生太无趣了，起床上班下班，中间如果不出意外的话，就夹着个吃饭。

周威睡不着是因为他认为白天公司新来的女同事诱惑他了，两个人紧挨着坐，女同事总是有意无意将纤细的手指放在他的大腿上摩擦。周威轻瞄了她一眼。

小婷感觉自己再躺下去整夜都要失眠了，便开口说："你也还没睡呢，我们出去走走吧。"

周威通过外面照射进来的霓虹尾光看了眼小婷，老感觉她最近有心事，可问了好多次小婷都不说，可能是因为工作压力吧，开口说了声"好"。

两个人穿衣服的时候，周威提议开车出去，反正明天周末也不用上班，小婷点头默许。

整条马路上只有一辆车子驶过，速度很慢，开车的周威心里忽然困惑，白天的时候总想着将车行驶得快些，但是马路上却很拥堵，现在不堵了，可以放心地将油门踩下去了，脑海里那种念头却消失了，可能是因为现在没有什么事情的缘故吧。最后将车子停在了公园，围墙不是太高，两个人直接翻了进去。

"如果哪天我跟别的女人暧昧了，你会怎么办?"周威装作很随意，事实上两个人总是会讨论一些感情之外的话题，比如说之前跟多少异性接吻过，回想起来觉得跟谁在一起会比较舒服。

小婷双手插兜，笑着说："是不是要先送我一部最新款手机，再来问我这个，现在不都流行这个吗。"

黑夜里，周威将眼白往上一翻，小声地嘟嚷着："你这明摆着转移话题嘛，你用的不就是哦。"

小婷转过身面对着周威，认真地说："你如果找一个女人暧昧，那我就翻倍找两个呗!"

"你敢!"小婷能明显感觉到此刻周威身上所散发出来的戾气，竟让她内心有了一丝胆怯。

随后小婷用大拇指使劲掐着自己的食指，一字一句地笑着说："你敢我就敢。"

周威不知道每次提这样的话题时，小婷心里都极度反感，可她都忍着不说，表现出无所谓的乐观来配合着，她觉得可能这就是爱吧。

随后周威生气地在空旷的公园内大吼着，小婷也跟着叫了起来，试图吵醒正在熟睡的城市。

小婷脑海中回放着跟周威在一起时的画面，不知不觉中昏睡了过去，已经是好多次了。她当时深爱着周威，以为他就是这个世界中心的全部。包括现在，她都不敢昧着良心说已经不爱了。

2.

第二天醒来后，房间里只剩下她一个人了，今天上午休息，下午要跟艺人跑通告去，电话铃声响了起来，还是他打来的，在犹豫了五秒钟之后，小婷按了那个绿色圆圈的接听键。

对面的声音传来得有些着急："婷婷，你现在在哪里？我去找你。"

小婷沉默，对方从着急变成了焦急，"说话，你到底在哪里，你快说啊。"

小婷用右手捂着自己的嘴巴，沉默，对方从焦急变成了哭泣："求你了，告诉我好吗。"

小婷将电话挂断，失神看着白色屋顶微微翘起的几块墙皮，告诫自己说那已经是过去式了，不要再去想了，应该将他的电话拉进黑名单，可是不断颤抖的双手已经出卖了自己。

在将自己晚上要吃饭的位置发给周威后，小婷去冲了凉水澡，她知道接下来的生活又要在自己的无知中掀起浪花了。

在穿越人群挤上地铁打上出租车到通告现场后，节目已经开始录制了，推开休息间的那扇门，所有在看手机的工作人员将目光齐刷刷投向了小婷，小婷感觉自己的眼皮有些不自然地跳，尴尬说了句"大家好"后慌忙将门关上，喘着粗气逃到一边的角落里坐下。小婷一直觉得纳闷，自己干这一行的时间也不短了，无数次看艺人拍摄视频，录制综艺节目，自己到现在都还没有学会遇到事情后怎么表现得自然一点。

等艺人中途来后台休息的时候，直接向小婷飞奔而来，指着她的鼻子问："今天怎么回事，这么重要的通告你居然迟到，要不是小赵提醒我，后果你承担得起吗？"

小婷站在那里不断点头道歉，这是她唯一的解决办法，等艺人骂累了，喝水去了，自己才将一颗提着的心放下。

小婷把自己遇到的困难当作是种年轻的磨炼，她想在这座城市生活下来，灯红酒绿的背后是虚无缥缈，谁又不渴望一份虚荣心的满足。

就连小婷自己都不清楚这一下午是怎么度过的，只是在期待着晚上的到来，都一年没见那个人了，睁眼闭眼都能清楚描绘出他的轮廓，可能就是当时爱得太深才会这样吧。记忆全都成形并且凝固，周威是小婷青春期回忆里很重要的一部分，他在那个年龄给了她很多建议，并且不断鼓励着她去做一些突破自己的尝试，而她也总能在其中找到很多的喜悦，并为自己感到骄傲。她将这一切当作是上帝赐给她新生的勇气，之前在学校的时候总是感觉自己很自卑，跟舍友关系处得也不好，聊天总是没说几句便觉得没有什么可再提起的话题，内心却总是渴望能够融入这个每天有说有笑的大集体，当心中所想跟当下所做成反比时，那些自卑跟焦虑全都淋漓尽致地展现出来，让小婷怀疑自己是不是得了抑郁症，这种情绪持续到遇见周威后方才终止。他给了小婷重新调整生活规则的权利，将她身上所散发的灰色光芒换回了她所爱的粉红色。

世界有多肮脏都没关系，只要你能将自己所有的温暖分享。

在去往约定地点的路上，可能是心事全都在脑海里，而忽略了肢体上的客观指挥能力，在胳膊支撑身体倒地的刹那，小婷才回过神来，自己的白色羽绒服已经是黑色带有尘土的了，胳膊肘生疼，周围快速行走的人群关注点都在手机或在前方行进路上，不会有人来安慰她一下问有没有事。

小婷皱着眉头，拍拍身上的尘土，咬着牙继续向前走着，平稳的心情已经有了一丝小鱼跃出海面时的波澜。到餐厅的门口时，小婷已经看到周威的那辆红色宝马小轿车在边上停着，颜色还是当时小婷挑选的，他们一起在这辆车里有过太多温馨时刻，更加过分的是刚买车的第二天，周威夜里十一点拉着小婷开了一个多小时，去香山下面的一个隐蔽地点野营，走的时候就扯了张床单，结果第二天身上好几处都是酸疼的呢。还有一次是回老家的路上车胎爆了，在前不见镇后不着乡的地方直发呆了三个小时，才有人过来将车拉走，有太多故事发生在这辆车上面，如果能将空间倒退到某个指定地点，会有多快乐。

带着这些记忆向着记忆中的那个人走去，当小婷远远看到周威的时候，觉得他变了，头发短了，看起来很精神，蓝色西装将整个人的气质都凸显出来，消瘦的脸蛋还是那么帅气。越是靠近，小婷感觉自己的大腿越是抖得厉害，视线开始不受控制地向四周飘着来躲避周威那炽热的视线。周威起身走过来想要将小婷抱在怀里，被小婷一手推开，并笑着说："我们现在连陌生人都算不上，你说对吧。"

周威双臂僵硬地举着："我们过去那么相爱，不至于这样吧？"

"相爱到让我眼睁睁看你去跟别的女人玩吗？"

"我都解释过了，那只是场意外。"

"意外……哈哈……你继续……"

周威低下了头："对不起。"

"对不起这三个字连小孩子都会说，你当我是小孩子一样好哄吗？"

"究竟怎样才能原谅我？你说。"

"什么原谅，你有错吗？你应该是在跟我说笑话。"

"从你走后到现在，我每天都很难受，没有再碰过一个女人，我真的知道自己错了。"

"你再解释一句，我现在就走。"

周威慌忙拉一下小婷的袖子，两个人各带着自己的小想法坐下，是周威点的餐，都是小婷过去爱吃的，可她没有想过现在的小婷已经不是过去的那个小婷了。

"我们和好吧，我知道你还爱我。"

"我有男朋友，你应该知道。"

"分了，你现在就可以给他打电话分了，以后再也不联系。"

"你不觉得你这样说话很自私，当时我每天伤心流泪的时候你干吗了？我一个月瘦了十三斤的时候你干吗了？不用说了，我知道你在干吗，在跟那个大胸妹约会对吧。"

周威打断她："够了，那段时间我有我的难处，你要我怎么道歉才能原谅，我都依你好吗？"

小婷攥着拳头："你不觉得自己把每句话说得太过简单了，用我滴血的心来换取你可笑的成长，要不要你去试试伤心到生不如死的感觉。你怎么会呢，你这种对自己那么好的人，不用一天就受不了了吧，更别说会为我难受。"

周威激动地站了起来："你要我怎么样，我真的知道自己错了，你要我做什么我就做什么还不行啊。"

小婷指着窗外："出去。"

"你……"

"这就是你。"

"我……"

"外貌变了，性格一点都没点。"

"麻烦你别这样说了行吗！别再拿过去的我跟现在的我比较，跟我走，我发誓一定会让你幸福。"

小婷将自己积聚已久的情绪都发泄了出来，她就想不停打击周威，甚至在其中寻到了一丝快感。

周威陌生地看着小婷，"你什么时候变得这么无情了。"

"离开你以后。"

周威走到小婷身边跪下了："你原谅我吧。"

餐厅所有人都望了过来，小婷熟视无睹，多么煽情的戏码，她在看艺人拍戏的时候已经看到麻木了："你跪着，有本事你一直跪着不起来。"

周威被说哭了，像个小孩，但小孩应该也比他此刻有出息，也验证了那句话，自己选择的路，跪着也要走完。

小婷之前看到的终归只是表演，面对此刻众多人注视，她内心是焦躁的，又不肯轻易表达出来："是不是要我现在就起身离开。"

"我现在就起来，就当作是你原谅我了。"

"做梦吧。"

小婷左手拿起放在桌子上的包包，起身向外走去，周威账都没结就紧跟着，服务员没有跟过来，因为他的钱包跟宝马车钥匙都还在桌子上安静躺着。

走出门口的周威跑着上去将小婷抱在怀里，任凭她怎么挣扎都不放开，他知道这是最后一次机会，一旦错过，两个人就会向着不同的方向行走，那不是他想要的。此刻赌上自己的一切都要抓住这次机会。而小婷内心很是挣扎，她知道自己还深爱着眼前这个人，可她不能再跟他在一起，因为两个人连最基本的信任都没有，她过不了自己这一关。两个人就在人群中拥抱着，在周威想要亲吻小婷的刹那，小婷终于挣扎着跑开了。

接下来一段时间里，小婷每天都会收到周威的信息，还有没有休止的电话，她只能将手机调成了静音模式，虽然心里总是念念不忘，可她真的没有勇气再去赴约了，一次就够了！

就算很清楚地知道跟现在的男友也不会有未来。

应该不是生命无常，而是青春无常，岁月荒唐。

可究竟什么是无常？该不会是大梦一场。

一朵鲜花，一只蚂蚁，一场恋爱，一次疯狂。

回忆竟显得有些失落，没跟随上此刻排练动作，而成为下一秒的帮凶。

有些话无法用言语清楚表达，那种感觉，大家应该都懂。

就仿佛置身于大海中央，不要说四周空无一人，就算有，也会显得很是不搭，被他人笑话。

如果都能安好，如果都能随心，如果……

3.

"你在发什么发呆呢？"

"啊？"等小婷将思绪转移到当前的时候，去酒吧唱歌表演的男友已经回到家中，"没什么，今天跟艺人去录制了个综艺节目，觉得挺有意思的。"

男友好奇地问："什么话题？给我讲一下，让我也乐和乐和。"

小婷捋了一下遮盖着侧耳的头发："关于婚外情话题的，主持人问女嘉宾，如果你男朋友跟别的女人暧昧了，你会怎么办？"

男友从后面搂住小婷的腰，将自己下巴上的胡须磨蹭在小婷锁骨外侧，笑着说："怎么会呢，我老婆这么漂亮，身材比模特的都要棒，放心，打死我都不会的。"

小婷的眼睛有些迷离，像是在问男友，又像是在问自己："是吗？"

男友以为小婷不知道他的小号微博，里面关注的都是年轻漂亮女孩，小婷还专门点开那些女孩的微博看了一下，全都是身后这个男友的暧昧评论。她忍着不想说，也懒得说，反正将来迟早有一天会有人搬出这里的，可能那个人就是自己。

还是跟往常一样，男友趴在小婷身上没一会儿，便往边上一滚睡了过去。

隔天早上起床时，小婷告诉男友自己要回趟老家，男友点头说回去吧，路上小心点。

坐上了八通线地铁，小婷又有些犹豫了，该不该这么做，内心有个声音一直在向小婷询问着。然后打了辆出租车，熟悉的街道呈现在大脑里，每天清洁工几点打扫卫生，打工族和白领族比较喜欢去哪家餐厅吃饭，帅哥们都会在哪座商城出现，小婷都知道得一清二楚。

等下了出租车后，有条小狗忽然从小区的某个角落里奔出来，叫着出现在小婷脚边，用舌头轻舔着粉红色鞋带，小婷蹲下来开心地将小狗抱在怀里："你是不是特别想我啊，现在我没东西给你吃，晚上带你下馆子去哦。"说完起身带着小狗向着曾经去过无数次的那栋楼迈去。

今天周六，那个人应该在家里看书呢，不过现在可能变了。用手指轻轻地按着门铃，没一会儿小婷就听到有人跑过来开门。他总是这样热情。门被推开，小婷看到周威扶着门把的手在明显颤抖，小婷上前一步将眼前这个只穿着秋衣秋裤的大男孩抱在怀里，还是有些烟味，不过像是已经习惯了。

周威愣了半天，才反手将眼前这个自己朝思暮想的女孩搂在怀里，眼泪竟有些不争气，流到了嘴唇两侧，可能是意外和惊喜交错导致的。只是他没有看到小婷的下嘴唇已经被她自己的牙齿咬得发紫了。

周威将小婷拉进卧室的沙发上坐下，满脸都是开心的表情："……我真的是太激动……"

"我知道，所以就回来了。"

"一定不会让你再受一点委屈。"

"嗯，我相信。"

周威右手抬起放在小婷的后脑勺，嘴唇向着小婷靠近，吻得很轻，怕这只是一场梦，一惊就会醒。

"把工作辞了，以后我养你吧，现在挣得多了，足够你挥霍了。"

小婷笑了笑："好。"

"忽然有好多话想跟你说，一时间不知道该怎么说了。"

"不用着急，以后有的是时间，慢慢说。"

周威重重点头："我去给你做饭吧，想吃什么呢？"

"老样子就好。"

周威笑着起身离开，小婷看着他的背影，心里在想自己这样做是不是太坏了。

等饭做好的时候已经是中午，满满一桌子的菜，可能这就是小婷喜欢周威的原因之一，很多事情从来都不需要自己，周威都能提前帮自己想好。都说每个人跟每个人做饭的味道不大一样，小婷觉得好像确实如此，周威总会把酱油放多。外面的阳光打在透明餐桌上，有种家的感觉。

周威不停往小婷的饭碗里夹着菜，小婷问："我的那个笔记本还在你这里吗？"

周威回答："在，就在卧室那个白色柜子里，你的所有东西我都有好好收藏。"

其实后来发生的一切跟小婷想的不太一样，她以为周威会跟那个女的一直在一起，后来问了一个他们的共同好友，好友说在她搬走后第二天，周威便从那家公司辞职了。小婷当时就感觉自己的世界一片漆黑，同样也在心里不断警告着自己，别再回头，就算那真的只是意外。

所以说不是不肯离开北京，自己也没那么大的欲望，只是有个人在这里让她牵挂着，让她不敢拿起行李坐上飞机后不再回头。

　　小婷现在还清楚记得当时的自己在手机备忘里写了一段随笔：

撕碎了空间尝试去理解出轨，

却看着碎影在逐渐为这片死海燃烧，

一点一点，两者都逐步走向了毁灭。

却为何浑然不知，

当无数虚点混合成行。

却为何束手无策。

如果这还不算是很迟。

怎么样呢？那个空间的对白怎么样呢？

如果雾霾是提前见证背影成为小点而消失不见，

那还不算太糟糕，

还在夏天呢，细数着雨滴落下的影子。

呆呆地站着，看着星空的乌云在嘲笑着无助。

声音嘶哑地说这还好，

是的，不算太糟糕，像是想象远离现实定格画面。

是这样，能够单独将此取出来晾干后撕碎。

像个傻瓜，我像个傻瓜重温着一切，

即便无能为力成了时光的代言词，

也不能太差吧！

当酒醉后的清醒是在循环着无所谓，

当步伐迈进却失去了所有快乐，

没有人想回来走走，你在做什么呢？

这些文字看起来很文艺吗？不，像是别人眼中的可怜虫。

毕竟大多数人都在考虑现在该怎么生活，

而不是像你这样生不如死地活着。

4.

那天搬过来之后，感觉自己的人生又走向了正常轨道。

工作辞了，有人每天将你捧在手心里暖着，这份感觉消失后又出现，让小婷觉得多了份不真实感，男人用事业不断让自己膨胀，女人想要的，不就是有个人包容的简单的幸福吗？那个酒吧唱歌的男友倒也挺实在的，都离开两个礼拜了，就在微信上安慰了一句，之后便再也没有说话。可能周威真的是想把自己最真实的那一面都展露在小婷眼前，这些天下来没有一句争吵，小纠纷时，他在一边哄着，小婷开心笑出来时，他笑得更暖，白天小婷发的每句微信都会在第一时间回复。总之就是之前所有不好的地方都改了。

周五晚上，还是原来那个时间，小婷将周威喊起来，周威问："怎么了？"小婷回答："带你去个地方。"两个人穿衣服的时候，周威去了厕所，可能是光着脚的缘故，他滑倒了，屁股瞬间承担了全身的重量。小婷在外面听到地板"咚"的一声闷响，紧接着就是周威的尖叫声，慌忙走进卫生间看怎么回事，刚走到门口，周威便一步一步地捂着屁股走了出来，滑稽模样将小婷逗笑了。

周威龇牙咧嘴地说："我都成这样了，你还笑，就不能稍微安慰人家一下啊。"

小婷上前踮起脚尖摸了摸周威的刘海，轻吻了一下他有些苦涩的嘴唇，温柔地说："乖，等下就不痛了。"

"那你再亲我一下好不好？"

小婷撒娇地说："不了嘛，刚才就已经亲了。"

"好吧，那我们穿衣服去。"

小婷喜欢的，就是这种对方尊重她的感觉。

小婷还清楚记得那段路，周威已经忘了，小婷还能凭着直觉找到当时翻进去的那个门槛，周威全程都是跟在身后，心里还好奇小婷怎么对这里那么熟悉。

七月份的夏天了，耳边传来多种小婷说不出名字的昆虫的叫声，月光将公园照得像是另一个世界里的白天一样明亮，两个人挽手向前走着，地面影子比对方手中的温度还要真实地存在着。

"如果哪天我彻底消失了，你会怎么办?"小婷摇晃着周威宽厚的手掌，笑着问。

周威以为小婷是在跟自己开玩笑，眯着眼睛，皱着眉头："那我就寻遍整个中国，也要把你找回来。"

小婷问："那你不是就老了!"

周威认真地说："我就寻你到老，这也是爱情的一种方式吧。"

"那我就拭目以待喽。"

"你不会真这样做吧。"

小婷点点头，俏皮地说："看你表现。"

周威慌忙将小婷抱在怀里，在原地转起了圈，从远处望去，会发现倒映在地面上的漆黑的影子比他们还真实地存在着。

那天晚上睡觉的时候，小婷做了一个感觉很长很长的梦。

梦里自己跟一个男人牵手走在草原上，自己冰冷的右手被他炙热的左手温暖着，可奇怪的是那个人面部轮廓很是模糊，感觉不到一丝生机，内心却感觉有种由来已久的依赖感，走在他旁边很踏实。路看不到尽头，一直向前走着，鞋子踩到小草上的感觉很软，很舒服，感觉比艺人走红地毯还要享受很多倍，虽然小婷从来没有真正意义上在红地毯上站立过。在梦里，所有的一切都那么真实，真实得都感觉不到那只是脑海里虚拟出来的镜像，自己一直苦苦追求的，能够这样完美呈现一次，那种幸福感真的是无法用言语去形容。

有些事情，无论怎么挣扎，最后都不会呈现出一丝效果。像是在梦境里，你是整部剧情的主角，却无法控制整个梦的镜像，任由它将自己的欲望和胆怯呈现出来。会在什么时候醒，醒过来是否还记得，都为未知。

白驹过隙，最后我们会跟梦一样，不知什么时候会忽然清醒过来，所有起伏就像是一道在不断成形的旋律，如果你有在记录的话，会发现它就是一场最过于完美的音乐会曲谱。

5.

时间会在你最不想流逝的时候一闪而过。

当周威到公司上班的时候，小婷已经洗漱好了。

当周威跟老板外出开会的时候，小婷流着眼泪在收拾行李。

当周威会议结束的时候，小婷已经在出租车上了，手机 App 里面已经买好了去福州的机票。

周威像是往常一样拨打了小婷的电话，是关机状态，笑着送老板上了车，然后疯了似的向停车场跑去。手里不停拨打着小婷的电话，所以注意力都在手机听筒上面，上台阶的时候绊倒，额头直接磕向了台阶，有些疼，像是流血了，不重要，心里想的是应该尽快回到家中。她应该是昨天晚上没有充电导致手机关机了吧，周威不断自我安慰着。

跑到停车场的时候，保安看着狼狈的周威，关心地问："你没事吧?"周威没有理会，直接喘着粗气向自己的车子快步走去，已经累到跑不动的地步了。启动车子的时候才发现手机丢在了摔倒的地方，踩着油门向公路上驶去。

小婷在拥堵的道路上，想起了无数电视剧中出现过的剧情，女主角坐在驶向机场的路上流下泪水。而此刻她就是偶像剧里最真实的主角，司机在前面不停向后扭头安慰着，他越安慰，小婷哭得越凶，像是正要奔向刑场去送别人。她将青春埋葬在这无数灵魂都争抢着想要飘至最高点喘气的地方，那些最底下的灵魂已经被压得血肉模糊，即便这样，还是有更多的灵魂向这里拥进。

到了机场，小婷掏出口袋里的电话，大拇指一直都在开机键那里犹豫着，最终还是没有按下去。她能想到此刻周威泪流满面疯狂寻找自己的表情，可是她真的被这座城市囚禁累了，想要走出去寻找真正的自由。提示航班声响起，小婷站在原地没有动，不断有人将视线停留在她布满泪水的脸上。最终她还是下了决定，将手机卡摘出丢入了身子右侧的垃圾桶里，随后快步向安检口方向走去。这一刻她不是主角，她是被这座城市所遗弃的人。

云朵飘浮在触手可及的眼前，想要撕下一块来抱在怀里温暖入睡。这一刻，小婷的心情是放松的，连她自己都觉得奇怪。旁边大叔在打着呼噜熟睡着，空姐用甜美声音提醒着大家注意睡觉的时候不要着凉了，还有一位帅哥调戏了她一句说："你穿那么少，我们才担心你着凉了呢。"引来大家的欢笑声，还把小婷旁边流着口水的大叔惊醒了。空姐没有尴尬的表情出现，而是很随和地笑着。还有个小朋友说了句："大姐姐，你真漂亮，我长大了要娶你这样的老婆。"几个小时的时间在大家的欢声笑语下一闪而过，坐飞机最幸运的事情就是遇到一群能开心聊天的人吧。

十月底的福州还是那么艳阳高照，迎面吹来的风有股味道，是成长中最熟悉的味道。乘出租车回家的途中，她让司机在一条小河旁边停了一下，掏出手机毫不犹豫地丢了下去。是沉入水底还是飘走，似乎已经无关紧要了。

6.

小婷回到了福州后，在母亲开的鞋店里欢度着柔和时光，直到有天生病了去医院时，遇到了浑身长满了水痘，一眼看上去就特别搞笑的陈旭光。

当两个人在厕所门口相遇，小婷左手指着陈旭光的下巴，右手捂住嘴角笑得蹲在了地上。

陈旭光瞟了一眼蹲着嘲笑自己的小婷，不屑地说："笑什么啊，你小时候脸上没长过痘痘啊！"

小婷缓了缓，捂着肚子站了起来："我就是没见过你这样长泡泡的，你不是得了那什么病吧！"

陈旭光这就不干了，直接过去将小婷搂着怀里，还作势要亲她，把小婷吓得使劲一巴掌拍了过去，陈旭光顺势向后退了一步，脸上的水痘"啪"破开了一个，一道血顺着一路上的坑坑洼洼向下流着，陈旭光慌忙跑去照镜子，然后转过头捂着脸瞪着小婷，下一秒直接哭了出来，"你把人家给毁容了，人家以后还怎么见人啊。"说话的时候鼻涕还流了出来。小婷见状慌了，也不敢上前安慰，怕对方的病会传染给自己，嘴里一个劲地问怎么办，怎么办。陈旭光继续哭着说："请人家吃饭，吃大餐，在这破医院我都瘦好几斤了。"周遭看热闹的人逐渐多了起来，小婷急忙同意了。

一家五星级酒店里，一桌子菜。

小婷一把鼻涕一把泪地跟陈旭光讲着自己在北京的经历，讲到深情的地方直接将杯子摔在地上。

两人一共接了 558 次吻，在车里，在广场，在山坡上，在厨房……

对方总共为她花过 76384 块钱，说好 27 岁结婚，29 岁生孩子，32 岁带着孩子出国旅游……

小婷嘴里一会儿说着对方是个混蛋，一会儿说自己是个混蛋，说着说着手机都开始往地上扔了……

听得陈旭光沉默不语，讲得小婷泪水打湿衣衫，服务员几次过来催说要下班了。

最后账单是陈旭光买的，又额外掏了钱让女服务员将小婷搀扶到楼上的住宿房间。

走出酒店后的陈旭光抬头看看满天闪烁的星辰，低头看看小婷刚才说过的影子，心里有种淡淡的伤感。听过的故事太多了，可还是没有习惯跟麻木，还是那么情绪不受控制。其实不管现在正发生的事情让你有多崩溃，但最后肯定会是快乐的。虽然现在有点不敢相信是在生活，虽然看到别人的笑有点羡慕了，但是记住终归有个最后在等你，就会好多了。因为有那么多人还不如你我。

第二天躺在病床的陈旭光旁边多了个人在给他削水果，喝完酒吹完凉风后，让原本水痘引起的发烧更加严重了。陈旭光脑袋上的粉红色毛巾是小婷放的，他闭着眼嗷嗷地直叫唤，浑身发软，四肢无力，感觉快要死了。

"讲真的，不回北京了吗?"

"不回了。"

"选择忘记吗?"

"不是忘记，是和解。"

第二章　时代造势，舞台沉重

究竟还要再过多少个时代，才能彻底摆脱掉世人的无助、徘徊、迷茫。

在那个时代，只有欢声笑语，只有高歌曼舞，只有随性享受，只有旅途拍照。

那样的人生才算得上是不枉此行。

我觉得自己没有活在最好的时代。

关于时代

1.

流沙在浮动中寻找安逸，迷幻欲尝试将遐想消除，浮生若梦，太多人还心甘情愿继续沉寂在虚构的世界里。

我们越来越像被这个世界所遗弃的孤儿，闪烁着微弱光芒却无法将四周照亮。

说了那句再见之后，过去被你抹杀，现在被你仇视，未来被你否决。

一件意外的发生能衡量人生，这些背后所凝聚的仅仅只是思维转换瞬间。

跌入海底峡谷的过程中，身体在平衡而又死寂里展现出绝望。

睁开双眼，我看到了月亮所散发出来的炙热亮光。

感官中所有一切都是这样，失去平衡而透露出妄想将时间倒转的无望。

2.

视线那么广阔，从来都没有末路。

关于无可取代，我一直理解为自己的这张面孔。至于其他，只会有更加优秀的人出现将你取代。

总想留下点什么，能够在百年后被记录，即便只是虚名。

容那些异样眼光将原本就消瘦的五官削得不留任何特征，如果最后能够留在橱窗。

没有奖章，没有赞赏，没有合照，没有模样，能判定一切的是投影所发出的微弱颤音。

"你总是这么不切实际。"她看着我望向天际的眼球，皱着眉头对我说。

如果实际散发着腐朽的味道，那我宁愿将顽固而不灭的信念撕碎在脑海里。

永远都不要将它浮出水面。

3.

究竟还要再过多少个时代，才能彻底摆脱掉世人的无助、徘徊、迷茫。

在那个时代，只有欢声笑语，只有高歌曼舞，只有随性享受，只有旅途拍照。

那样的人生才算得上是不枉此行。

我觉得自己没有活在最好的时代。

4.

疯狂能与震撼并存，激荡化为惊艳浮升，恍神之间想到了最极致的快感来自冒险。

5.

闭上眼睛，能感受到千疮百孔的社会将我二十多岁的心脏浸泡得有了褶皱。

让原本会跳动的滚烫的让人看上去会情不自禁流泪的生命物，在一点点不自觉地收缩起来。

没有什么能阻止潜伏在体肤表面已久，时刻准备猖獗的欲望。

那些亲眼看到过的死别，是比我们先一步去了天国等待。

因为爱，所以不理解，所以哭得死去活来，甚至难以入眠。

一直都觉得人在去世后的意识会漂浮到城市最高的地方，融合在了阴影那面，逝去的时间逐渐将那里的气息变得凝重，最后以爱的名义形成轮廓，在滂沱大雨后的晴天上升至天空形成彩虹，为自己最重要的人献上最后色彩。

我曾见过最清晰的彩虹，应该是奶奶最开心的笑脸。

看着如此完美的存在，会情不自禁流下眼泪，滴入刚刚被沐浴过的地面。

随后被阳光蒸发，眼泪也随着飘向空中，奶奶开心地将它拥入怀里，向着更高的天际飘去。

6.

一批人总是在不断掘凿出痛苦，以此来让自己过得丰盈，刻意摇晃在只有自己知晓的秘密里。

另外一批人觉得自己占领着足够高的社会地位，可以轻易掌控他人命运，仿佛高高在上的神灵。

两批人毫无相关联的地方，背后并存着数百万可以用文字华丽来形容的人群。

要么简单，要么伟大，要么在两者中央徘徊，这样的日子会让简单的人群觉得疲惫。

不堪和丑陋最终全都附属在了物欲横流的节奏里，那么轻易就能被淹没。

霓虹灯里凝结着太多的不甘气息，试图在将黑夜照亮的同时还能将白昼也占据。

这颗星球在不断还原着它最初被摧毁时候的模样，几十亿人口为它过渡着最重要的那可传递的齿轮。

不要轻易选择回头，你无法用思维体会到自己有多渺小，在没有被下一个时代将我们的岁月彻底碾碎前，不该遗忘的是未来，而不是过去。

关于空间

1.

被雾霾笼罩的天空像是在哭，却总掉不下眼泪。

口罩已经辨认不出面孔，城市显得有些空。

消失的背影不再需要目送，有些失落，只好闭上瞳孔。

如果从上空拍摄，会发现石家庄本身就是一滴庞大的眼泪，不太适合告别。

或许有一天，它会被历史的洪荒无情覆盖，成为地下迷宫。

我们的骨灰粉末残留在迷宫不同角落里，能闻到的不是复仇气息，只有关于善良。

2.

用文字所描绘的场景，总会缺少一种真实感，在下着小雨的清晨，我在思考怎么解决这个问题。

已经是第三杯咖啡，在不断填充着不知在哪个部位的胃，又不知怎么，还潜伏进了让人失眠的夜。

想不到，可能是阅历还太少，只好翻开书本从文字的柔弱部位出发寻找。

房间里是高中校花留下的香水味道，所谓的体香，从来都未闻到。

最近才发现自己还是个喜欢怀旧的人，想要将美女分组里的人群全都回忆一遍。

被风不断吹过还不肯放手的枫叶，在思考，爱是不是风所带来的沙尘味道。

燕子丢下了用泥土搭建的巢，向着南方奔跑，最后，是谁霸占了它未来得及放下的好。

3.

中午酣睡的时候梦到，那些记忆中的女孩全都出现在卧室。

她们精致的轮廓全都像电影镜头那般，一个紧接着一个若隐若现。

最后分解成了上百亿个细胞拥入我体内，将血液循环颠倒。

睁开眼睛，是口水的味道，我害羞地选择抱起被子继续入眠。

4.

钞票是温暖的，它能换来等同价值的拥抱，曾数次在秋天尝试过它的好，可以躺在入夏大厦里看尽人世间苦恼。

没有物质的爱情像是沙漏里那不停下坠的细沙，即便很慢，但如果没有其中一方将它翻动，等沙尽的那一天，就是终点。

得到，得不到，在这复杂世界里，才能显得极为重要。

不管能走多远，最终都会像圆规所画出的圆，回到起点，剩下一段，上帝在不断观望思考何时写下结尾。

悲惨的、挣扎的、仰望的那些灵魂在不断散失着体内的愤怒，直到散尽成为天空中的乌云。

所有一切的运行不是因为规律，而是我们在适应。

它在逼迫你适应，一旦选择挣扎就会被双手扼住喉咙，窒息的感觉，有多难承受。

所以人们将忧伤变成了习惯，一旦习惯，就不会觉得痛。

5.

被眼泪侵蚀的眼眶总是在笑。

被不断选择性丢弃的记忆，逐渐灰暗下来的世界观，相互交替出现来辩驳生命的微妙性，同时嵌合在了身体里最灼热的部位。它等待着外界不断煽风点火来充实自己。如果你脆弱到了能被它侵蚀的地步，它会毫不犹豫贯穿身体所有部位，令其瘫痪。

生存下去的意志，是让你不断打破常规。

所有未知可能性，全都隐藏在混沌空间里，等待着破镜。

再过一些年，思维会不会跟不上当时科技，就像我总是跟父母说的他们的思想太过于陈旧。

始终都感觉有一条线，在未知的某个点不停拉扯着我，刺痛了脑海里某片黑暗处的缺陷。可能那是未来在召唤，还很漫长，但它一定会准时到来赴最后之约。

关于婚姻

1.

视线开始逐渐模糊了起来。

每天在二分之一的时间里，视线是停留在电脑或是手机屏幕上的，这应该是大多白领的通病。

每天在四分之一的时间里，我独身在灯光底下翻阅着不同书籍，为灵感做铺垫。

在彻底拖垮身体之前，我还能将剩下的四分之一时间挤挤，在键盘上敲打些文字出来。其实并不知道这样下去的意义是什么，只是觉得青春不该在娱乐过后没有任何收获的情节中度过。

时常会在凌晨三点的时候看到情侣在空荡的街角漫步，而我将他们挪移到我的创作里，不曾谋面，装作相识，有时候刻意闯入他人的世界，只是想寻求一丝逝去已久的新鲜画面。

白昼在不断颠覆着节奏，使人感到轮廓沧桑。

如果它们会在未来一天里毁灭，能否是在我的余生岁月。

2.

早餐是在 KFC 吃的，冬天的早上七点，天还未完全亮。

一夜未眠，黑色的眼线不再需要刻意营造，点餐时，收银员还多看了我两眼。

对面是一对夫妻带着小孩，小孩很调皮地将杯中豆浆洒在桌子上，男人对此无动于衷，女人大声骂着，还惊动了在厕所的保洁人员。

小孩没有哭，只是不断将双眼瞪得更大，以此来显示自己的无辜。最后女人用卫生纸将桌子上的豆浆擦净，对男人说了句，"你什么都不管，难道他不是你儿子啊。"

男人端咖啡的手定格了一下，随后仰头将咖啡倒入喉咙里，还是没有说话。

他们的这一情节使我再次想到了"婚姻"二字，潜意识已经记不起曾对多少女孩说过"我们结婚吧"。这应该是一句很沉重的话，总是能从我的嘴里很随意又很认真地蹦出来。

当我把这一场景在微信里对媛媛形容过以后，她回复我说，其实她也对婚姻恐惧，很恐惧，总感觉结婚就意味着以后整天只能对着一个人的脸，你干什么都有人管，做什么都有人干涉，而她这个人又渴望自由。

　　侧眼轻瞄了下已经亮起来的天空，刚想输入这是人之常情时，她又说，但是，遇到现在这个对象以后，好像让她心安了很多，他很尊重她，也很信任她。

　　矛盾体的青春总是会让人感觉到不安，只有我们说的"到时候"才能将答案揭晓，在这段即将奔向更大灾难过程中，我们充满了太多疑惑、顾虑和不安。

　　一旦选择，就相当于将对方亲手递到胸口的匕首深深刺入左胸口，日后无论怎么挣扎，都逃脱不过撕心的疼痛。

　　我有想过在结婚以后的日子里，两个人已经没有初恋时的新鲜感，也丢失热恋时的幸福甜蜜，只剩下了简单问候以及日常琐事。

　　或许还会有争吵，以致让她回到自己居住了二十多年的家里。离去的背影在黄昏阳光照射下，被大厦完全笼盖，像是素颜漫画里敷衍带过的插曲。

　　我脆弱的内心会受不了这一场面，着急跑下楼将她紧紧拥在浑身大汗的胸膛里面，而她挣扎着，打闹着，最后哭着依附在我的怀里，笑着说，你出的汗臭死了。

　　此刻所有内心渴望，或许全都是未来所想要逃避的。

　　可能还会因为每次过节去谁家而讨论很久，即便再久，最后也会有一个人妥协，站起身来为对方做件能令他感到愉悦的事情，可以是一顿晚餐，亲密时候的一个小细节。

　　像是自己的父母一样，在三十岁，四十岁，甚至是五十岁，我们的成长伴随着他们各种肢体动作僵硬。用微弱火焰点燃的纸屑，在预谋将这座大山全部覆灭。

　　能猜测到无可抗拒的命运有多可怕。

　　让一个人变疯都不需要付出代价。

那些看似华丽精致的未来，在被此刻静止的空间肆意划割着。

是不是只有蒙上了双眼，才能不再感觉害怕。

关于失恋

1.

能触摸到你温度的场景，盛夏午后随着思念无限延伸至深夜。

我失去了你，在雪花还未完全凝固的冬天。

那个流浪在黑白照片里的小人儿，不知为何身后没有影子，在一直往前行走，能感觉到步伐很坚定。

最后一张照片，是用手机拍摄的，用 PS 修了一个月，最终去朋友的婚纱店洗出来，想用黑白让伤感一直蔓延下去。

被空气冻结的爱情散发着透明能触摸到的气息，一幕幕看似比电影还精致的画面在不断重温着，的确是重温，因为它还不能完全适应初痛。

我知道持续不间断的思念会穿越空间到埋入坟墓那一刻都不间断，是不想忘。

我还知道这一场追逐大战最终会因婚姻而暂停下来，能否出现另一种不同结局，我还在猜。

那些被誉为遗迹的秘密，在与时间对峙中被撞得烂碎，凶器是一直隐忍在面具背后的痛苦。

你留给我眼泪，我将它冰封在零下 68°的北极底下。对我而言，凝结而成的冰珠是比珍珠还要昂贵百倍的存在。

哈气也能模糊了视线，在眼睛被泪水冻结的寒冬，我在等你。

希望我们此刻的结局也是，未完待续。

2.

亲吻后唾液送过来的种子，被无意间吞下，落入了身体的不知哪个部位。

夜深人静时候，它会悄悄成长，直到开花。

游玩时触到心房，会导致承载体感觉到疼痛。

慌忙屏住呼吸稳住身形，总是在担心未来有一天暴露后会被连根拔起。

如果把每一阶段故事折叠起来，高低起伏不平所形成的折纸，将卧室装点成小清新氛围。

妈妈说，爱情没有真实性，能用手牢牢抓紧的才能永恒。

多朴实简单的一句话，而我正逐渐同化在她的这句话中，左右挣扎最后也只会变得无动于衷。

3.

温语如缠，久之便是弃。

柔弱似绵，随光倾而下。

被失望所吸纳的饱满情绪在将酒喝下。

随后流荡在时间寻找能跑过时间的白马。

寄居云霄之上那人挥笔将结尾提前写下。

拉扯着深不见底悬崖走向黑暗的最尽头。

情人口中吐出的幸福叹息是最好闻味道，我一直这么想。

并且沉迷，将自己能付出的全都一推而尽，不为自己留下丝毫。

像是有瘾，戒不掉，直到发现已经没有什么能够再继续付出了。

这个世界上并不是没有下不完的暴雨，它只是在应该倾诉的时候向大地逼近。

我停留原地不敢轻易挪动身体向前，害怕多出来的记忆会将属于你的那一部分挤压出去。

当初说要七年之后在巴黎举行最后仪式，哪怕放空了剩下的三年，只是期待能来赴约的你。

4.

不用等我回来。

我会一直等待。

你应该没有听见吧？我在心底里的呐喊，声音巨响。

在刻画着不完整的青春路上，随风流浪，将昨天埋入废墟。

让流浪着的我不知是该欢笑还是哭泣。

未来得及表达出口的，被时间累计起来，打磨成了故事。

我将失恋密不透风封死在了身体某个角落里，却能感觉到它在不断膨胀着。

且从未停止过扩张迹象，它以一种理智方式向前推进，期待破壳而出。

很怕哪一天会露出蛛丝马迹让外人察觉，于是，每天我都会对着镜子将露出的地方藏好。

其实内心里早就提前想到了这样下去的结局，却想冷漠旁观，配合着剧情演完。

不是说世间万事都有平衡，多少人雾里看花不露声色。

将每天都活成了同一天，期待着夜晚降临后，你就会回到我身边。

然而这样下去的好处是能让我白天像是打了鸡血一样开心工作。

坏处是打卡下班后，内心的失落压得我很难喘过气。

应该好多人都经历过，时间相同，地点相同，伤痛相同，故事相同，只有名字不同。

他心里有多期待你能马上回到他的身边，抱着你没有任何负担地安心入睡。

失恋。失恋后究竟该怎么做？就闭上眼睛思考好了。

5.

心里觉得自己还很年轻，可以无所忌惮去受伤，只是没想到未来会那么长。

每一个场景都会让我想起记忆里那人的模样。我还是像最初那样喜欢你，跟不认识一样。

频率于震

1.

逐渐放下不再提起的爱人，随着泪水蒸发至高空中的梦想，你光滑手背上有多少岁月中划下的疤痕，都在随着日升后的日落而变得淡漠。

消失后又重新出现的爱人变得有些势力，沉浮在高空中的梦想已经厌倦了这片大地，随着卫星去了宇宙，消失不去的那些疤痕在光线照射下显得那样惊心，究竟在海洋的对面有没有另一个同样迷失的人存在？

也许这都是上帝给我们最好的安排，哪怕会多些抱怨，却在伴随着情绪从一人传到百人，从这街贯穿了整座城市，低下头看到的阴影还是那样漆黑，生离伴随着死别，孤寂伴随着空洞，那些迷失的人始终无法走出去。

明知道这一切都只是虚假华丽的语言，可枯萎到一半的玫瑰在穷人眼里还是那么迷人，那些将花瓣践踏在脚下的贵妇喝了杯花茶，起身踩着红毯走进宾利轿车里，在这一过程中，连鞋底都未沾上丝毫灰尘。

2.

"我们要放浪形骸，纵情享受美好时光。"在拍下毕业照的下一刻，几十号人大声吼出压抑的心声。

你呢？是否还记得自己也曾狠狠年轻过？是不是说出来的经历能将我们这些年轻人狠狠拍倒在百里以外沙滩上？陪伴了这么多年的太阳还在如初般照射在你黄色皮肤的脸上，大街边上越来越小的情侣在凶狠打击着你的年龄。当初那些情人们现在早已经成为少妇，而你将最新目标转移向了年轻充满活力的少女。

谁又无奈继续被卡在翻不过身的阶段，不敢再去参加同学聚会，不想带着肥胖的老婆出门旅游，开着烂大街的轿车被停车场收费人员翻白眼。那只有几十平方米，晚上跟爱人不敢出大动静的房子住多久了？孩子是否有过抱怨？不提激情说说浪漫也好，应该早就烦了想着能怎么省钱就怎么省钱吧。

等我们回归生活后，渺小成了代言一切的明星，它很兴奋为你标记着一年356天过得有多如同死去。还有年龄已经再没有什么长度可言，或许活成最不想面对的那般是最好的那般，起码已经提前预想到了。

在推进余生的过程当中，我们什么都没有留下。

3.

蹲下身来摸摸没有丝毫变化的影子，不禁想问，我离开这个世界后，它会去向哪里，我的这些经历不会令它感到失望吧。

应该不会，不然它为什么不站起来打我。

4.

天际那道被扩张开的光晕还在寻找合适的落脚点。没有比这更加密集的存在，周边所有缝隙都被细致填满，仿佛在用无可睥睨的力量试图开辟出一个更加精美的世界。凝固的空间在为此能够成形而疯狂开辟道路，谁说世界末日镜像非要天昏地暗，为何不能是昙花一现地盛开？我们于天地而言，不过是重合后的断开。

川流不息的街道上散布的人群。倘若有天你屹立在云层成为他们的守护者，会发现所谓的沧海桑田不过就是来回穿梭的遐想，已经发黄到能用一口气吹散的纸张成为流金岁月中最细腻的存在。

你听到了吗？冥冥之中传来的呐喊是来自于成千上万条频率的形成。

5.

繁华悄悄落幕无人察觉的深夜，妄想拉下天幕伴你入眠。而现在我已提前为你布好了美丽陷阱，待你下陷来共赴那场浩大的归零游戏。黑白不再颠倒，日夜随心定义，我还在等待你。

放开时间的手臂，我知道你一定会出现。

蒲公英没有温度

1.

洒在白色衬衣上的咖啡，错过后焦急等待的航班，没来得及挽留就已经消失不见的爱人，哪怕错过一秒钟都要用一生去偿还。

我们总在无法预知的情况下失去，情绪从挣扎到无奈到无力再到淡然，在这其中会发生多少惊心动魄的思想斗争，只有当事人知道，或许还包含了生死。事后再想会觉得当时好傻，那根本就是件微不足道的事情。

人最怕的就是控制不住自己的情绪，总是想用宣泄的方式来伤害自己，能让这些逐渐好转的好像只有成长。这个世界从来不会向你妥协，想要让它妥协的唯一办法就是迷失。

落魄，怀念，跌撞，我在寻觅，你在保留，还没结束，该去哪里。

2.

或许用平淡无奇来形容自己才是最恰当的，普普通通，自带忧伤，追求潮流，幻想暴富。

喜欢在星光下面带着头戴式蓝牙耳机随旋律没有规律地舞动，家中书柜中放满了最新出版的情感类图书，发了工资后都会请朋友们大吃大醉一顿，遇到自己喜欢的女孩会毫不犹豫上前搭讪。

每个月都会开车去趟郊区，没有目标，就是想以此方式来放空自己，如果遇到清澈的湖水，会停下车来走到看似最深的地方，脱下衣服跳进去游泳。偶尔会有几个少妇在马路上指指点点的，那是在初冬。

我不知道该做些什么才能让自己的人生不太普通，只知道想这个问题已经想了将近五年了，是否有些夸张，用五年时间去想一个问题，都没有得到答案。

我已经忘记有多久没有好好陪父母坐下来安静聊天了。

我已经忘记最长的一段恋爱谈的是多少天了。

我已经忘记在最初道路上摔倒过多少次了。

我感觉已经完全将自己处在情绪化世界里，将太多言不由衷的话说出口。

只是，我真的做错了吗？

3.

后来，我一直在想一个问题，自身到底缺少了什么才会导致见识如此短浅。

在看到了他人浮夸表演后会有不屑感，而那种浮夸表演正是那些高端人士所需。

男朋友说，人生就应该活出戏里的角色，你若一直不言不语，你就会像是空气般存在。

我们都该寻找属于自己的那面旗帜，在患得患失之间用火苗将此点燃，让整个世界为此震撼。

我们缺少乐曲发散的闹市，像欧美 MV 那种，他们甚至都不需要刻意演绎，因为那就是生活。

我们都在烟火坠落瞬间丧失了信仰，前进退后的舞步充满了不自信，总要用酒精带动。

女朋友说，在闺房里拍摄的私房照是挑逗着笑的，胸还可以露到让人觉得坦诚，屁股翘得可用手指掐动，如果诱人身材不能任众人观赏，岂不是太浪费。

所有的话语到最后都能被他们的一句话概括：无论你觉得多余还是可笑，这些都是他们最美的忠告。

4.

倾尽所有去不停跌落，是种极其变态的想法，有人却将此当作享受。

所有一切都只为羽翼渐丰到能守护她的那刻。

我期待她能等到那刻，即便只是期待。

以爱的名义，我跪下来对着上帝虔诚祈祷。

即便我知道这个世界上根本就不存在什么上帝。

5.

划亮一根火柴，像是看尽一场电影，你都不会去再次重温。

闭上眼睛后，有几幅熟悉的面孔在黑暗里不停闪现，那些陪我度过最艰难时刻的朋友已经有多久没有再联系过了。我都不知此刻的他们正从事着什么职业，身边的对象有没有换人。

是不是我有些忘恩负义了，才导致现在生活还算不错的情况下，再也没主动跟他们联系，还是我真的变了，觉得跟他们不再是一个圈子里的人了。

很多时候宁愿选择独自一人抬头仰望星空，用叹息声来祷告自己会一帆风顺地走下去，银行卡里的钱越来越多，被我得罪的人们会逐渐将我淡忘。很多时候都会害怕那些人来找我报复。他们张牙舞爪，他们将我逼向死角，他们是我内心深处一直在逃避的魔鬼。

火红的晚霞在无声尽力地燃烧着这座城市。触景生情，使所有欲望全都被压在了身体的最低处。

用袖子偷偷将眼角的泪水擦去，将心中所忍受的压抑彻底呼喊出来，要知道这简直是比喝下十瓶红酒还难受。

轻风吹过的时候带来了她身上所散发的温度，像是躺在了积满蒲公英的房间，很暖。

丢失了温度，丧失了孤独。

存在感

1.

该怎么去定义存在的灵活性。

时光边缘所无情消耗着的是自责，是悔恨，是无助。

麻木身体会在过程当中变腐烂，最终孵化为漫长等待。

仰望天空呼吸寂寞的那个女人笑了，笑得让人感觉到悲伤。

低头数蚁不知为何多了滴水花，还没来得及细看，便已被雨水冲刷。

回忆被记忆称之为废墟，在不断往里撒倒着垃圾，多到已来不及清理。

或许另一个世界就藏在大海里，我们快速循环在它们漫长生命甚至都不理会话语中的分离。在深夜梦里所听到的大声呐喊，是通过灵魂所参与传递的传递，就像爱的背面是恨在不断传递着气息。

我抚摸着小时候走过街角的路灯杆，过去从来没有细看过上面的那些细小裂痕，现在感觉每一道都那么熟悉，没有陌生感。

那些矮小个头背着书包去上学的小朋友们呆呆看着蹲坐着流泪的我，其中一个小女孩想要上前安慰，被后面的小男孩拉跑，还听到了小男孩的幼稚声音，他是卖小孩的坏人，你不要被骗了。

怀念起小时候努力想要保护的女孩，其实是想方设法欺负的女孩。大家都是这样做的吧，在好多言情小说里经常能看到这句话出现。

缺少了朝气蓬勃做笑脸，心情总是会莫名变得低落。只有在实现自己欲望的时候才会透露出兴奋感，这是不是大多数人的通病。

记得老师对我说过，你总这么情绪化，将来肯定会为此付出不小的代价。

2.

比起恐惧，最害怕的是焦虑。

琐碎小事累计起来所形成的暴雨，在倾盆而下瞬间直击脑海里的脆弱意识。

还未睡醒，恰当一些形容该是还未酒醒，半眯着眼睛坐到办公室来完成一天的工作。

像是已经习惯了这样，这句话应该说给关系处得不错的领导。他刚从楼下星巴克买了两杯咖啡上来，一杯放在我桌前，没说一句话便转身离开。

每晚只能通过源源不断涌来的醉意来驱赶走焦虑情绪，它就像时刻都在体内张牙舞爪的恶魔，让我做什么事情都无法专注，害怕哪天会被抹杀在它精心布置的摇篮里。

乌云将蓝色天空掩盖住。我非常喜欢这样的天气。

接下来会是天空袭击乌云而先发起的暴雨攻击。

因为这是最能衬托我身后黑色气息的背景，就像是大家都觉得炸鸡和啤酒是一对美好伴侣。

3.

我将喝下的酒用文字形式描绘在书本里，其实是在发泄内心情绪，是不是有些自私。

其实，很多人都在同样经历着这些，时间久了发现，作者其实是在描述自己内心。

心理是一个人最脆弱的地带，一旦掌握，能令他疯狂到摧毁自己设定的一切。

褪去了衣裳的肩膀，温暖而又柔软。

我喜欢紧闭眼睛依靠在上面。

如果是七分醉，便能亲吻到梦想。

寂寞在无情颠覆着我的想象。

4.

在写这篇文字的时候，再有两天就是除夕了，我身处石家庄的市中心没有察觉到丝毫即将过年的气息。

小雪没有将干燥的悲凉气氛赶走，高楼大厦微亮烛火越来越暗淡，恋人分手后骂街的剧情还在持续上演，我总是喜欢在这个时候将双手插兜，以踏步形式先将脚尖放下，放空头脑不断向前磨蹭着，正方形的街道，左转右转不知穿越了多少胡同，迷失在灯火渐失的黑夜里。

失败的人永远都会觉得过年是一种折磨，将年轮片段描绘成切片，会发现那是从有到无，再从无到有的转变过程。

如果有一天你会不经意间在背后拍了我肩膀，那么谢谢你，能让我感觉到自己存在是有价值的。

我总是感觉自己缺乏存在感。

岁月不美丽

1.

让我试着更加成熟些，在约定好的路口守着那段由梦而生的执念，然后带领庞大残影浩浩荡荡奔向有彼此生存的未来。

或许想要追寻的信念就邂留在身影不远，却未想过伸手去感受一下它的温度，而执意一直向前追寻。越来越远，直到失去更多的那天才有心思停下来重新审视自己，原来在这一路当中逐渐失去的已经不止那些。

他们说人的执念会在不同光芒下被无限拉长，直到它光泽不再艳丽的那天。我猜想，那天会是真正意义上的成熟。

2.

阳光将高楼的影子砸倒在了地上，空旷区域被一分为二。小的时候我总是喜欢在阳光的这边奔跑，直到大汗淋漓，再也忍受不了的时候，拽着小伙伴的胳膊一头扎进蔓延至胸部的小河流里面，然后再将衣服脱掉，躺在软沙上面，暴晒一下午。这种场景时常发生在盛夏的正午两点，所有人都在熟睡，可能这就是后来的我无论敷多少面膜都白不回来的原因。

有好多次都中暑了，妈妈便将我锁在卧室里面，然后我会爬窗户，或是让小伙伴偷偷跑过来用细铁丝捅开锁营救我，一颗不甘寂寞的心想将 24 小时的时间全都用来玩耍。

童年时，我丝毫感觉不到自己跟这个世界有丝毫的隔阂，后来试图放空自己去这样重新再来一次，可发现再也不可能像当时那样蹦跳起来。

我当时想过无数次未来，却没有想到过如此失败的现在。

3.

什么都没有留下，关于青春。

盛开在墙角边缘的那朵不知名野花总是会在深夜里飘散自身香气，

它似有思维，在人的视线注目中会下意识将花瓣收缩起来。

它没有自己的语言，不会跟你闹，但我多出的时间都想跟它安静相处。

像是过了很久，其实才不到一季，它枯萎了，我笑了。

有时候笑是比哭更难受的一种情绪表达。

我的青春就好比是它的一季，但它已经顽强扎根在这里五年了。

五年前，因为妈妈，我才没有一把将它拔掉。

它能自主地控制享受自己从绿芽到干枯，然后再到绿芽再到干枯。

它的快乐与痛苦是成正比的，该享受的时候享受，该经历磨难的时候经历磨难。

而人的一生只能义无反顾走下去，这种抽象的对比让我觉得自己有些太不知足。

快乐事情一件都没记住，烦恼事情堆积了一大堆，关于青春。

4.

我没有太大的布局去换取高谈阔论的能力，我贫瘠的表达方式可能在很多时候都让人觉得看不到未来。

我自认为付出的够多了，多到时常会一个人昏睡在图书馆的角落里。可天赋这东西，你可以说它是与生俱来的，也可以说它是后天不懈努力的结果，只不过我的已经在不知不觉中被消遣完了。可能方式有些不为人知。

而那些所构思的美好未来，可能还在未来，我时常这样安慰自己，只能不停这样安慰自己。

5.

左手温柔抚摸着令人欢喜的美丽，右手用力紧握着不肯丢弃的记忆。

是不是只有凡事留那几分余地，才能理解雾为何不肯散去。

完整世界

在黄昏时将寂寞融入海际尽头的天地之中，空间虽广，内心却很狭窄，呐喊声还没有被淹没于浪花所掀起的阵阵间隙当中。

身处在自己凭空而创的浩瀚宇宙里，一切都是无边的黑，只有偶尔正在飘浮的那两颗星体互撞时留下的火花，这样一幕是无法用肉眼去细细辨别抽象画面，随它渐渐融合在自身难以痊愈的开篇。

1.

感觉在慢慢开始对所有音乐乏味，那种毫无兴趣再戴上耳机的感觉来自情绪转变，我们都说不清楚明天的自己会以一种什么样的态度去面对点滴。

现在的我，当初的你。这八个字像是一段咒语，密集旋转在脑核四面八方，越是要反抗，它就勒得越紧，最后形成比玻璃球还小的密集物，那般坚硬。

总是会在夏天中午感受到醉酒后的摇摇晃晃，丧气的脸上没有丝毫血色，对着镜子反光的地方，努力想挤出一丝笑脸来，可是，感觉那个人实在是太丑了，绝对不是我。

朋友在这个时候跟我说，他发小游遍了全国，最近想要出国，正在网上努力研究要去的地点，计划行程。

朋友羡慕他的这种生活，后悔自己结婚早了，感觉已经在琐碎小事中磨灭了所有激情，激情不是说培养就可以再来的，大部分女人婚后想要的是安全感，而男人想要的是新鲜感。

2.

经常会说些谎，精致的谎，像是在愚人节那天都不会让人觉得我说出的话完全符合今天的氛围。

那些为自己开脱后伤人的言语，原来到了最后可以没有丝毫亏欠感。并不是说还需要继续为它延续下去，现实是没有人会为此追究太长时间的。自话从口出的那刻起，就像正往海底深沉的垃圾，而丢垃圾的人本身就是没有素质的人，倘若你去跟他讲道理，还会遭他无情反咬一口，这些都活跃在你的周遭，永远都抹杀不掉。

那些活在黑暗角落里无所忌惮的你，在逐渐随着年华流逝而忘记了将那些苦衷隐藏起来，因为你觉得它已经由原来的不堪变成了现在最强大的武器。

相反，对方在承受你过去所面临过的最撕心疼痛。

3.

还有什么资本去倾诉自己有多不堪，将今天该做的事情无限延伸至下个礼拜，下个月，最终就算是完成了，但明显能感觉到这其中已经错过太多。

我们义无反顾将赌注全都压在了自己之所爱，狂妄到目中无人，所有一切全都可以不在乎，怒吧，在此你可以见识到一个能毁灭整座城市的自己。

有太多用肉眼看不清的暗斗在持续着，慢慢我发现，善良的人在其中永远都是受伤者，所有挣扎最终都会被缩小到了无痕迹，以残缺掉的半径为中心，用利剑将鲜血划破成为两瓣，用慢动作记录下来的话会发现美得惊心动魄，残忍得似在刀割。血液落地后将沙土浸泡得很是浑浊，谁都说不清两者究竟是谁被谁玷污了。

4.

很是讨厌以及害怕一些日子的到来，视线中看到的一切若太过于美好就会产生反差，会不自觉去想念曾经最重要的几人。

那些曾经做过的最亲密事情，正以立体方式重演在那些地点，以让你怀念却无法重新再来过的方式巡演着，多么可恶，可恶中带有丝丝甜蜜。

什么才能算得上是真正忘记？起点与终点总会在某个时间段交叉而过，将一些事情硬生生塞进脑袋里，有些可怕，可怕的同时带着"哦，原来她与我再也不会有交集"的想法。我多想还能在适当的年龄再次遇到一个肯为你等待的女孩，可我现在唯一能做的仿佛就是在争吵中快速成长着。仿佛失去了重重保护壳的蜗牛，难以再从自然界当中寻到一丝庇护。

我知道，你应该也知道，卸下了防备的蜗牛，等待它的只有被当作食物的下场。

每当这些过往到来又离去时，就会有种淡淡忧伤，反正也就是一根烟的时间。随后自然而然回到正轨，随后向着空城尽头继续走去，留下的深深脚印很快就被大雪的到来重新洗牌。

我一直都觉得未来的自己定会有能力将这些全部扭转，按照游走组合方式，将散失碎片用霸力拼凑起来，哪怕它的味道是苦涩的，但它是属于我的就足够了，可能是自私了些，短短数日，总要为了自己去尝试背叛世界一回。

5.

敢不敢让我们再爱一场，像个疯子般，哪怕最后的结局还是散场。瞧瞧我还是这么自私，心里想的还是只有自己。我以为我们当初的转身只是给彼此一段时间过渡，却成了一生当中最狼狈的模样。

狼狈模样，活到今天，你见过多少人的狼狈模样？不仅仅是表面上仿若两人无法定义场景，更重要的是对方难以再暖热的内心。

我为我们并没有真正醉上一场而感到后悔，在那个遇到事情只会自己默默承受还不会喝酒的年龄。将情绪与情绪之间厮杀得如此惊心，瞧，将车子点火开出去还能寻找到淡淡痕迹。

就像只记得有本小说挺好看，还想重温一遍，却始终想不起那本书的名字。

他们都不懂我在努力记起什么。他们都觉得我不该再将这些记起。

那些丢弃在海洋里的垃圾被鱼儿们狠狠咒骂着，不再有交际的女孩们是因为他的绝情才不再见。

再起追忆是因为觉得那个他太过自私了，现在的他知道自己有多自私了，可这就是这个时代最不好的地方，没有能回到过去的科技，我相信未来肯定会有自我阶段性任意转换空间的技术展现，一个人就是一个最完整世界。

时代造势，舞台沉重

她们之间，

仅仅隔着主动与被动的距离。

我没有想着拿大白话去评判一个社会的现象。

相反觉得，她们也很可怜。

男人要挑选自己喜欢类型。

她们就该如此廉价任人挑选吗？

好像是的。

千般无奈，都是借口。

万般无奈，也当享受。

有时候我会觉得她们挺悲观的，为了家人。

有时候我会觉得她们挺骚气的，那挑逗声巨响。

还有，早就编制好了一串故事来吸人眼球。

那习惯性的动作，让人觉得自己是来找一个玩偶。

当然，这一切都是我个人所想，如有差距，随你怒骂。

我曾想象：

她们是否真的在享受？

痛苦？嘲笑？配合？敷衍？

自甘堕落的是动作？撕心裂肺的是眼球？

又或者，是进出的潜意识？被压得很难受？

她给我的答案是，狗狗在舔你的手。

她说：

这个社会很复杂，连我自己都觉得自己很下贱。

你们男人肯定体会不到这种感觉，是想哭却在笑，是很痛却在装作享受。

世界荒唐，我陪它荒唐，但如果给我个机会，我一定让它永久蛮荒。

说话的时候，她的眼睛是带着血色的，令我感觉到了恐惧。

我们所写的一堆情感故事，跟她们的亲身经历相比，真的是太逊色了。

她们就活该始终活在阴暗下吗？她们就活该活在让人谈起来就觉得恶心的世界里吗？

讲真的，搞笑不？

她相信，未来会有一个更好的自己在等着她。

我知道，她是在自我安慰，她所承担的风险，我想我不用再细细诉说。

爱

越是让我们琢磨不透的爱情，越是想要将筹码拼命加上去。

爱可能就是欲，不然出轨哪来的根据。

爱可能会淡忘，眼神充满恨意的片刻，应该不会去想曾经的缠绵情话。

爱好像不存在，对于现在的年轻人来说，快到相恋期限的同时，就该去搜寻下一个目标。

从媒体传播出来的闹剧、从泪眼滑落的刹那、从失望闭眼的被动、从熟悉街角开始变得陌生，是不是该说，我们寻错了爱情？

还是，被爱情戏弄了一回。

反正所有一切的发生都早已找不着证据，又不是在拍电视剧。

多抽象，也还好，都知道最后还是会恢复成原本样貌。

可记忆这东西还是会在无意间提醒我们，那张面孔此刻正带在她的脸上。

应该不是陌生人，或者说是再也不愿见到的亲人。

既然爱来过，为何又要走？拜托请别说什么看透了对方的真实模样。

关于爱，从来都是没有逻辑的存在，却有多条交叉点在等待对接。

能否有催眠？闭眼、睁眼，仍能对爱抱有无害的期待。

好过现在扯着对方的发尾疼痛两难，哪能说没有亏欠。

其实更多的是妒忌，此刻将你捧在手心里的人不该有美好结局。

有一瞬间，感觉所有的爱是在浪费时间，是或有或无的附属品。

可一旦丢失，生活便没有任何意义。

究竟，爱该不该存在？

意外

很多事情像是从小时候起就已经被定义，无论从本质上来讲，它是对还是错。

随着年月的推动，我们都渐渐走向了属于自己的那一叶方舟，透彻独行。

生活中的点滴小事都会影响到看似完美的情绪，让飘浮的心始终无法稳定。

然后结婚了，生孩了，奋斗了，退休了，余生了。

都在按此规律前行，即便想要一丝偏离都会被长辈硬拉回来。

这样的人生究竟完美吗？每个人怕是都有属于自己的答案，可最后终究躲不过宿命。

如果此刻给你个机会让你自己选择人生，你还会如此地按部就班吗？

可同样也很矛盾，抛去所谓的如果，不正是自己一直在做选择吗？

我始终相信未来会有一天，那一天不会太过于遥远，可能就是我们的下一代。

我会让他选择自己的人生，哪怕是错的，哪怕他受伤的时候我的心比他还痛。

其实事实也是如此，从我们"90后"开始，思想观念就已经比原来开放多了。

再到现在的"00后"，他们已经形成了自己独特的世界观。

请你千万别低估他们的力量，就像是小时候父母会小瞧了未来的我们一样。

很多事情的发生就是在不经意间，防不胜防，即便让你觉得很是荒唐。

其实仔细想来，人这一辈子要面对的最重要的事情就是意外。

面对意外时，自己那颗心足不足够强大，或许那会是生离死别。

一帆风顺只会出现在已经安排好的电影情节里，被生活推着走的我们无法主动跨越意外。

其实一直很害怕一件事情，现在我的心一点都不够强大，很怕家里人一旦出现未知，我的反应会是不知所措。可能是我想多了，可每次打开微信都会看到很多人因为没钱治病在筹款，其中就有我认识的朋友。

好心人或许会因为同情捐给你点钱，是的，那绝对是同情，可那些钱在一串零的数字面前还不够让医生拿起手术刀。

我想那种感觉应该不是天要塌下来了，而是在拼命责骂自己的无能，无能为力。

另一场镜头

空凉的盛宴，独特的装扮，刻意的动作，闪烁的霓虹。

怎么去刻意营造一种真实，我还在假装忧郁地想着。

刮来的冷风告诉我说这一切不是梦，有些矫情。

我描述得很真实，真实到大家能想象到漆黑的轮廓。

就算我赢了。

我在布置梦境，你在善意入境。

轮廓百态，终归会累，是在假想着戏谑人生，还是在被嘲笑着说幼稚？对此，真的是已经麻木到没有力气去追忆。

拥挤的地铁里将手机掉在地上，奔波在炎热的太阳底下手里攥着被汗水打湿的简历，搬家抱着沉重的行李搬了半公里。

所有画面在此刻淋漓尽致展示着，让我笑得跟搭配的背景完全不符，嬉笑怒骂像是在跟另一个卑鄙的自己对话。

这个世界不公平的同时还渗透着虚伪，让我想要马上当个逃兵来远离社会，这些话醉后也只能说给空间听。

想象着只要努力就能勾勒出一个美好的世界，在哪里可以笑得尽兴，哭得无声，爱得深浓。

其实这些东西，我在遥远的山区就曾看到过，他们是很贫穷，可心里的富有已经远远将此抵消。

人生不就在一条环形跑道，从无再到无，循环着所谓的公平，其实就是失去。

有将不同空间的自己收纳整理过，却没有发现初心是在何时丢失的，应该是在追求名利的时候。

红酒喝了三杯，起身的动作很轻。

张开双臂想要拥抱这个世界，可旋转的摄像头给我的只是侧脸镜头。

想起还要补还的信用卡，结束后一个人打车回家，旁边音响放着的是 Post Malone 嗓子里发出的低沉彷徨。

不用太刻意，剧本该有的眼泪已经落下。

容我辩解，这只是生命里的另一场镜头。

人性

在医院上班的朋友发来一张截图。

我看完之后眉头紧皱，鼻孔扩张，眼睛呆呆地盯着电脑屏幕，一时之间不知道该发表什么意见。

我丝毫没有怀疑真实性，只是觉得对这个世界的概念越来越模糊了，就像前段时间在一本小说里看到一个上大学的女孩，被没有人性的爸爸折磨疯了。

这对一个未成年、思维不成熟的孩子影响有多大？仅靠想象，我想不出来。

只是觉得这个世界里，每分每秒都在发生着超出我们自身理解范围的事情，它们的存在就是一个在无限扩张的毒瘤，随时都会爆炸。

人性究竟是什么？

好像是信仰。

好像是欲望。

不管像什么，一旦出现一丝黑迹便会悬空在道德底线的边缘。

有没有什么办法，让不公平的事少发生点，最好尽量不要发生，不要再污染孩子们的纯洁心灵。

其实有时候我也觉得自己挺浑的，只要是自己觉得对的事情，才不会去考虑什么对不对，理智瞬间全都失去。

所以总是觉得很矛盾，自己连自己的脾气都控制不了，有什么资格在这里说三道四。

还有时候觉得把自己做的那些不好事情加起来都能让大妈大爷将我骂得出不了家门，可是再次倒回那个时刻，我还是会那样。这不是个性，而是与生俱来的人性。

很矛盾，这样解释算不算人性。

我害怕

"你现在还有什么梦想吗？"

"我现在跟你已经不一样，都结婚了，只是想好好生活。"

我都忘了距离上一段旅程的结束已经三年了，直到他刚刚提醒我。

夜还是漆黑的，随着闪烁的霓虹灯在不断吞噬着我最后一点信念。

嘴角哼唱的旋律还是最喜爱歌手 Wiz Khalifa 的，错肩而过消失的路人，脸上好像刻画了种种不满。

与生活格格不入仅仅是在形容此刻吗？

在键盘上面敲打过多少次"梦想"两个字？

又要到年底了，内心开始有些逃避，这种感觉第一次有，却又没有力气去逃离。

当挤上六点钟的公交车时，看着一张张面孔透露出对生活麻木的表情，我害怕。

害怕我的那些文字戏弄的不是这个世界而是我自己。

害怕脱口而出的不甘心平凡的生活就是个笑话。

害怕成长的不仅仅是年龄还有一颗正在死去的心灵。

我怕，我怕我的未来就是你们随波逐流的现在，真的害怕。

在那片闹市走着，听不到任何声音，只有内心深处在不停叹息的绝望。

一张张微笑的脸颊让我很羡慕，也知道只要放弃现在的执着，我也可以拥有。

可我所面对的好像不仅仅是梦想跟现实两个词汇，还有性格。

不想轻易对这个世界认输的性格，在没有狠狠戏弄它一回之前，很是不甘心。

朋友说："你所不屑的那些存在，是因为它无时无刻不在衬托你的渺小。"

时代造势，舞台沉重

我从未否认自己是个偏执狂，就像我从来都觉得自己做的一些事情很荒唐一样。

总是控制不住自己的情绪，总是在路口中央犹豫不决，总是会无缘无故陷入忧伤情绪，总是花钱的时候毫无节制，总是……

这些都是曾经交往过的女孩对我最全面的总结。

想着要将这些改变，七年了，好像还是那样，明明知道不对，明明努力克制过。

就像是车子里已经坏掉的 GPS 再也找不到相应的坐标，沉醉于过往的美好。

早就已经忘记是在哪段路途中开始质疑的，质疑自己是否活得真实，质疑自己是否早就被困牢。

我相信每个人都遥望过未来，给过未来那个自己很多安慰。可是回到现实当中，每天两点一线，让我着实看不到那所想的转折点究竟在哪里。

能不能把它当作游戏来看，当作游戏来更加随意地游走在其中。

时代造势，舞台沉重。

愈发觉得在撕裂的不是感觉，而是每天早上懒得挪动的身体。

抛开这一切，不用扯太多大道理，只想要每天喝着呛口的伏特加，只想每天将心爱女孩搂在怀里安心入眠。这样，应该才是真正的生活。

我不想总是在意名声而什么都要小心翼翼，搞得像是伪装自己内心的懦弱傀儡。

我想让抛弃我的那个女人求着回到我的身边，然后再把她狠狠丢弃。

生活已经很是糟糕了，如果每时每刻都要塑造一个完美的自己。讲真的，累不累。

我们永远正青春，不该将所有的事物都看得那么沉重。比如钱财，不是说堆积下去就能变多。比如爱情，不是说失去面对的一定会是痛苦。

我们岁月不倒流，在现有年纪不去经历的事情，再等待下去，就是可怜甚至可悲，你能否抛开旧观念跟上时代。

我们心灵永不老，年龄代表的是成熟而不是隔离。

我祈祷十年后还是如此，即便那时候的我比现在的我要成熟太多。

把你觉得不可能的事情变成可能，要知道，你不是什么伟人，折腾不出什么话题，死后更没人会记得你。

韵有几个音

嘴唇的秘密

用尽了全部力气 弯曲着身体 偷赏欲的秘密

有些褶皱 暗自颤抖 还在等待一个时机

心跳到忘了时间的存在 却又 犹豫是否该朝夕

随着越来越近的距离 轻打在鼻角的呼吸 缝隙

还能看到青春痘留下 叛逆 只差不到三毫米

惊起 倒地 笑声 借记 尴尬有些风靡

余温快递 破碎无议 超越捷径的分歧

还有我养在角落里的那只小猫咪 在转移阵地

就差一点 便能探索未知的领域 开始怀疑

剧情有些像电视机里 通俗虚构后记

两败俱伤

断章取义也需要 萌生了 许久的想法

太多褒义词反向 隐藏着 诡异欺诈

可知满城风雨夹带着的 是就此作罢

两败俱伤画面 不是太美 为何要自罚

在黑暗里蠢蠢欲动 装睡不醒防备 悬崖

百丈深渊令恐惧苏醒 为何还未享受崩塌

就连禽兽 为了温度 都会拿命报答

人血的流动 难道只是为了没心没肺 潇洒

跟风者在为此升温 否则 哪来算计穿插

偏执的另一面打算 将这 一切全部融化

两败俱伤画面 应该很美 只剩一触即发

欺诈 作罢 自罚 所谓的公平都未在人心

悬崖 崩塌 潇洒 只有站着崩溃边缘忍隐

才能品味挑衅 有多少 原因辱骂

梦游传说

空气开始浓缩 等等 这貌似是抽象形容

随着抽搐袭来的感官 潜意识自慰 惶恐

秒钟随即倒计时 自以为早已 惊扰了霓虹

我尝试 用脚步配乐 来震惊立天大厦 失控
瞳孔浮现黑白 惊奇世界本无颜色 亿人堆宠
随即而来 轻变盘古天地展 涌现得那么凶
为何 无人能解 不是苍穹 而是人心不由衷

腐败教育在 将愚昧高声歌颂 人眼朦胧
这街头 不知多少人在享受 无与伦比的痛
记得 忘记 互闪而现 方才将好坏分得伯仲
其实都懂 其实都恐 不如看我如何装聋

深红色血丝 侵占了剩余青色无底洞
怎么就连虚拟的 梦 都连接了真实的 痛
这个世界的繁华和贫瘠 真让人搞不懂

独家秘密
刻骨铭心需要 穿梭在岁月 肆意宠溺
方能在谢幕离去时 寻觅到痕迹
可知我要的是 不是 不是 逐渐远去背影

谁能笑纳 痛无与伦比 让一个大男人哭泣
才知 空间静止 并不是在没有可能的雨季

逐渐麻痹 还能呼吸 细数涟漪 删除记忆
那苏醒在没有格式化的林夕 该不是叛逆

散场到了最后 竟是自欺 还显得拥挤

剧终日记里 掉下眼泪打湿 写下一笔
欢迎光临 这不是属于个人的 独家秘密

无聊人

究竟 世界 是个什么物体
无聊至死 像是于星空自由坠落
嘲笑自我 遗忘在倒计时中失去脉搏

如果玩世不恭也需要 一个理由
用不用去字典 查找 浮夸二字
无须被人 看透 猜透 琢磨透
握紧的拳头 寻找出口 什么顺应潮流
不如让我 放弃一切 用生死赌场节奏

伴奏 就让这座城市为了伴奏 撕破喉

耳际那乌鸦叫声 惊醒 还在原地
多想将情绪肆意爆发 管你什么偏激
这该死情绪 别想再窃窃私语 奴隶
别再想要将我教化 没资格 侵袭
在将一切毁灭前 能否别再给自己机会自语

你所看不到的假想

说谎 还能让人信服的是 野心家
别论真假 没那么伟大 都不是睁眼瞎
那些苦衷你不懂 有多刻意 演绎融洽

都懂大白话 不用细数笔画 都是戏耍

浑水摸鱼也需要陪唱 嘴角从未停止张狂
多少人在等待看不可收场 以嘲笑者的模样
尽情将内心扭曲埋葬 老师所教的眼盲 高尚
在无人沙漠 多余的残骸 天大道理都很喧嚷 流浪

所有动作 都慢下来 未来得及将伤口埋葬
让风都带走 还有什么 能细说我多无奈
失败 其实没人发现 在背后学着小孩耍无赖

看似战争都很精彩 可刀刀见血露骨在被淘汰
信仰不高 能眼见明日太阳 就是最大的期待

另一个世界的爱情
灵感很凶 早已词穷 渴望被人堆宠
记忆甚浓 视线惶恐 未盛完泪水的酒盅
谁来听我歌颂 未唱出口的言不由衷 正在聚拢
如果要靠放纵 才能将你汇融 来得汹涌
说我们之间 应该难分伯仲 苍穹

听 海在怂恿 让风来当听众
波浪打起的鼓声 很重 试图让世界万物归拢
如果能让你解痛 我赤裸的心脏 任你来捅

别再折磨 自我折磨 人能有多大的宽宏

悔意在体内不断暗涌 躲藏根本就 没有用

爱根本不是宽容 情又何来懵懂

时间所带走的空洞 在冥冥中说着 我什么都不懂

而你输给自己的纵容 那是穿越了死亡的喉咙

放我最后一次为你祈祷 然后融为世界中心 成为你瞳孔

意外

撕裂声音 在耳际响起 好似恶魔

如何才能拯救 是欲望 他的饥渴

被威胁 泪崩溃 法律究竟是什么

尖叫渗透了恐惧 那没有人性的毒蛇

殴打 嘴角流血 无助 眼泪多透彻

五脏六腑在爆炸 已经不是恶心 而是侈奢

世界多空 没有了余音 好似末日

一步一步拖着肉体 行走了几厘米

坏人不坏 我太善良 对吧 规则

让我笑得大声 像个疯子 杀了所谓的错

用生毁了一切 当个罪人 谁能宽恕内心的罪恶

回不去过去天真 看不见未来希望 都是奢望

究竟活着为了什么 意外来了 又该做什么

第三章　若被期待，此刻疯狂

由贝壳编制而成的饰品多么耀眼，它也只是水边软体动物的外套膜。说到动物，那么，人类同样也是动物，将代表生命的心脏制成标本的美丽，谁人能欣赏呢？

你以为你是优雅的绅士，可以在 KTV 里自装清高地跟女孩说："为什么出来做这工作？你有漂亮的样貌，何必让自己这么累呢。"

接下来动作柔和地从口袋里掏出一根香烟点上，轻吸一口反手丢给旁边坐着的、让你形容得这么完美的女人。再接下来把胸口领带解掉，狠狠抱住她开始抚摸。

人们不曾想过背后一句美丽谎言就能将这一切瞬间裂碎成粉末。

男人的欲望是得到女人，女人为了自己的家人，角色在这一刻是这样的定义。

权利与规则

最后那致命的眼神不断蔓延，迅速席卷了整座雄伟城墙，瞬间覆盖了没有尽头的黑洞，直冲满天星光。如果这是场战争，全盘皆输。那个人走的时候脸上不带一丝表情，只留下了瞬间致命的眼神。仿佛从视线离开的那一刻起，与我无关。

有时从开始那一刻起，便不存在真实感情，两个人都是在各取所需。温存的一夜缠绵以及嘴唇贴耳的密语是真的，说的我爱你也是真的，甚至比结婚十年的夫妻还要真，还要动情。你在生活中所放不开的种种细节，对于他们来说都不过是家常便饭而已。其实我很想知道演员感情的起伏，是怎么在下一秒去延迟痛苦，那让很多受过心伤的人都为之嫉妒，是不是他们已经这样习惯，到最后成为麻木。

曾经有一个编曲朋友，26 岁就结了婚，婚后其实挺幸福的。可我这个朋友有个职业病，就是不管走到哪里都会习惯性地把凭空而来的一段旋律哼唱到手机录音里面。

在商场里陪老婆逛街，他会忽然跑到一个无人角落，背对着人群拿出手机来哼唱，完全不在乎老婆尴尬的神情以及路人投过来的不解眼光。在老婆放假休息的周末，说好去看一场电影，结果等半个小时不见踪影。晚上在厕所里坐大半个小时，留下老婆一个人在床上发呆。

还有很多你想象不到但很奇葩的场景，老婆起初还能假装不在乎，可时间久了总这样，换作任何一个正常的女人，应该都会受不了吧！两个人最后的收场方式就是把结婚证换成了离婚证。

等等，这只是一段插叙。

2015 年 10 月的北京，已经立秋快两个月了，却依旧没有将闷热高温赶走的预兆。我在不分白天黑夜的地下录音棚里，将一张由 8 首歌曲构成的专辑放进了新建的文件夹里，通过邮件方式发送到她的邮箱。

"亲爱的，歌曲我整理好发你了，现在就可以在各大音乐网站上传，找个合适的时间，让公司人员帮你完成就好。"我略带着有些失望的语气说。

"好啊，这段时间麻烦你了。"对面的她有着我能明显感受到的喜悦之情。

我尽量让自己说话的语气显得平常化些："我再请你吃最后一顿饭吧。"

对面的她停顿了两秒钟，不紧不慢地回复我："好啊，最后一次。老地方见。"

这个她，这是小真。

我们说的老地方是在国贸一家比较安静的咖啡厅，因为刚认识的时候总有一些音乐细节方面的问题要交谈。

我过去的时候，小真已经在等着我了。一个人拿着小勺轻触杯子里 Macchiato 表面的那一层奶油。我曾经问过她为什么每次都点这个，她很是无奈地告诉我说她的胃不好，要多喝牛奶。胃不好吗？每次在酒桌上喝下一杯杯红酒，那整夜都在燃烧着的胃，能好吗？

坐在小真对面，拉过了她眼前的那杯 Macchiato，帮她点了纯牛奶，没等她开口，我笑着说："就当是我最后一次的关心吧。"

小真冲我翻了白眼，露出一副无奈的表情。是无奈的，我也习惯了，毕竟我只是她成长道路上的一个过客。

"下一步打算怎么走呢？"我假装很无意地问。

"像你杯中那浓浓咖啡里所散发的香味在挑逗着水蒸气往高空之上游走，它们看不到尽头却想着要在最高地点绽放。同样，我也看不到我的最高点究竟在哪里。年轻不就是该这样，趁着还有资本去游走在梦想与现实之间。都走这么久了，不拼个你死我活，哪里甘心就这样收手。"说这些话的同时，小真脸上没有透露出任何情绪，像是在自语。

接触的艺人多了，其实有时候我挺羡慕她们那种对生活完美的演绎气场，在被一群人包围时，还能自然地做出属于剧本中该有的完美肢体动作。

小真掏出包里的香烟，点着，深吸了一口，给我讲起了她的故事。

其实刚入圈的时候小真也深深爱过一个人，或者说是一个人渣。那时小真刚来北京，非常缺少安全感。那男的是在签约公司后第一次聚会上认识的，他很优秀，是公司投资人之一，那次主动跟小真喝了酒，很简单，就这样认识了，简单到让普通人觉得不可思议。其实不存在一见钟情，只是他的一见好感而已，因为两个人的地位使得小真没有说一见钟情的权利。

因为他的好感，整个公司都闹得沸沸扬扬的，小真身边的艺人朋友都很羡慕，说小真有这么一个靠山，以后肯定步步高升。每次一起排练时只要他过来，舞蹈老师都会很识相地说休息，跑过去套近乎。时间久了发现他主要是来看小真的，于是舞蹈老师从刚开始对每个人都严格，到后来对小真一个人开了后门。而小真也很享受这种感觉，久而久之自然成了他的女友。

开始的时候可能都是新鲜感至上，他主动帮小真安排了很多节目通告，联系各种影视方面人士对小真进行包装，这些资源对当时的小真来说极为重要。算是一种依赖吧，小真很乐意地接受着，并将自己能付出的都给了他。

可是这种新鲜感仅仅持续了一个多月，在一次公司高层聚会上，他将小真推入别人的怀抱。

被黑暗包围的眼眶显得格外炽热，谁敢在此刻心甘情愿把底线都交出来，连催眠都失去了本身的执着，何况眼泪已经流下却看不清镜子里的颜色，等到天亮后才发现这一切都是已经被改变的。

今天不管发生了什么，都只是过去，她要往前看。

谁不享受虚荣的耀眼呢？在有限的岁月里一步一步往上爬着，即便是见不得人的，是被人议论的。起手无悔，跟旁观者有何关系。

在生活中，有多少人在攻击别人，有想过人家的背后默默付出的是你这辈子都承受不来的吗？

谁不想过好日子，过好日子难道就是跟你现在一样，每天抱怨自己老公不争气，买不起包，开不起宝马，住不起市中心的房子，只能每天两点一线？最后把气都撒在网络上，攻击那些不知道经历过多少磨难才熬出头的人。

不付出就想过你想要的完美人生，说出来，你不觉得可笑吗？当然不否认有一部分这样的人，请问你是其中一个吗？

当然，这个世界有多公平就有多残忍。我们能做的只有在自己选择的这条路上快速成长。不管你选的路是什么样的，过程有多被迫无奈，一旦开始，背后就是无底深渊，没法重新来过。

谁能看到所谓的真理，凌驾于权力之上。

像是百兽之王在厮杀，发出了最后嘶吼。

真相是用来雪藏的吗？苏醒在被遗忘后。

当心死了，人群散了，欲望卡封在骨喉。

谁不能伤，就此遗忘，罢免于千里外奏。

心若无念，浪子何求。

其实在命运面前，我们都差不多，差不多疑惑地看着世界，差不多犯过同样的错，都想追求另一种生活。

你若不服真理，这两个字便不存在。

你若没有信仰，肆意妄为何来错。

到现在我还清楚记得一个眼神，在监狱里看到的眼神。没有了光芒的瞳孔里布满了浓雾，像是在早已经结冰的万年湖泊中所散浮出来的怨恨，没有一丝温度。

眼神的主人是一名女孩，吸毒加卖淫罪，足够让她在不见天日的牢笼里过完如花似玉的青春。

当作是往常一样聊天，我问她："有后悔过吗？"

她揉了揉鼻子，透过窗户看了眼不见边际的天空，回过头冷冷地回答我说："有，但是命运能让我现在重来一次，我可能还是会这样。我不甘于平淡的生活，每天做着重复的事情。我宁愿活在远古时代，来场没有规则的残忍厮杀，也不愿那般麻木地度过一生。"

眼泪打湿了她憔悴的面孔，顿了顿，接着说："对不起家人，他们失去弟弟已经够狼狈的了，现在我又这样，我真想象不到他们每天都是怎样生活的。这种事还是发生在农村里，还没有北京两个小区大的村子里。"

眼泪已经打湿了我的眼眶："伯父伯母他们来看过你吧？"

她用手抹擦了一下脸上的眼泪："基本每个月会来一次，都被我拒绝了，我没脸见他们，你知道那种感觉有多痛苦吗？不知道，你肯定不知道。"

她已经接近崩溃，双手无助地抓着自己的头发，试图用撕拉的疼痛来减轻一丝精神上的压抑。

我没有说话，表情复杂地看着玻璃对面的这个女孩，觉得劝她什么都没有了意义。

我只记得有很多次夜里，喝醉了拿起电话打给的只有她，而她十次里有八次会马上开车过来扶着烂醉的我回家。一边痛骂着我傻，一边温柔地拍着我的背，把我扔到床上后又是敷毛巾又是将我的呕吐物收拾干净。最后累得蜷曲在沙发上，连毛毯都忘记盖上便睡着了。

听说喝得越醉，就会越想一个人。那个人不能说是一辈子深爱的，起码是现在最重要的。

第二天醒来后满脸歉意但很幸福地看着这个女人，我也很想知道自己曾经扮演过多少次这样角色。

她比我大两岁，我当她是姐，她当我是弟。没有血缘关系，却丝毫不比有血缘关系的姐弟差，因为我跟她相处了十四年的弟弟长得很像。他弟弟在学校打架被人捅死了，最后仅仅只是赔了十几万块钱。可能当时她就对这个社会看开了。

刚开始认识的时候，她对我好，我以为她是想泡我。后来在一次聚会中，她喝醉了，凌晨一点半拉着我的手走在大街上发酒疯时，无意间跟我提起她弟弟，我想我可能只是她的一份寄托。

而我，也甘愿扮演这个角色。对她很依赖，像是彼此都已经达到了心灵上的某种关系。

你不说，我不说，但彼此都懂。

那天晚上，我们去便利店买了火腿肠和牛奶喂流浪猫。

那天晚上，我们站在马路中间拦停了一辆车后撒腿就跑。

那天晚上，她牵着我的手，像是小时候被妈妈牵着手。

那天晚上，我们从凌晨走到破晓，去天安门看升国旗。

那天晚上，可能有酒精的成分掺杂，我们都很快乐。

后来我有去她家看过，很小的一个村子，连老带小加起来也就一百来口人。

她家住在村子边缘，房子不大，是用红色砖头一块一块加混合水泥盖好的，门口放着两尊狮子。红色的大门没有锁，我有点像做贼般地悄悄走进了院子里，很空旷，也很干净。

房间里传来电视机的声音，我愣在原地待了有十分钟，也没有勇气走进那扇小门。

将怀里抱着的一箱水果放在了院子中央，又悄悄走出了大门。

前后不到二十分钟。像是被压抑了许久的心情终于得到了释放。我笑了，笑得很狼狈，最后眼泪都被笑出来了。

箱子里有几个水果，还有三万现金，一张纸条：没来得及见你们面的她的弟弟。

我能做的不多，算是还了内心的一丝亏欠。

或许她的经历对于不断有人进出的监狱来说，可能并不算什么。就像是北京城，每天有人进来，同样就有人出去。每一个来到这里的人都保留着自己的一份秘密，停留着自己的一丝无奈。

不管他们多可恶，多该死，起码他们都曾经对这个世界奉献过一份天真。

由贝壳编制而成的饰品多么耀眼，它也只是水边软体动物的外套膜。说到动物，那么，人类同样也是动物，将代表生命的心脏制成标本的美丽，谁人能欣赏呢？你以为你是优雅的绅士，可以在 KTV 里自装清高地跟女孩说："为什么出来做这工作？你有漂亮的样貌，何必让自己这么累呢。"

接下来动作柔和地从口袋里掏出一根香烟点上，轻吸一口反手丢给旁边坐着的、让你形容得这么完美的女人。再接下来把胸口领带解掉，狠狠抱住她开始抚摸。

人们不曾想过背后一句美丽谎言就能将这一切瞬间裂碎成粉末。

男人的欲望是得到满足，女人的欲望是为了自己的家人，角色在这一刻是这样的定义。

每个圈子都有它生存的规则，可偏偏生活跟这个规则是对立的，规则建立在摆脱束缚之后的权利，生活却是抛开一切后我们所经历的。

可能把两者区分开来之后，都挺简单的，可是偏偏就复杂在，假如一个人真的动了真情。

时光向前推引，年轮覆盖轮回，百年后我们都会被取代。

在这之前，傲立于被空旷垄断的磁场中央俯望。

你看见了平庸加载着繁忙，高傲的孤魂在游荡。

建造金字塔的制度，开始出现崩裂曲张。

有谁不想被世人铭记，有谁不想尽情猖狂地走完这一趟。

没有制度的蛮荒，谁敢自称为王。

那被无限膨胀开来的，是人类最无助的原始欲望。

还有对爱单纯的渴忘。

在梦里心都会很疼

暗恋了你三年，你不知道，我没有说出口，因为那是暗恋。

好多朋友都知道你名字的存在，因为醉酒后那么喜欢说实话。

回家后悄悄地将手机翻到你的通讯录页面，直到天亮。

也没有勇气拨过去，将"我喜欢你"这四个字说出口。

因为电话对面传来的，是我这辈子不想听到的声音。

喜欢的那个人每天就坐在办公桌的斜对面，刚好只要眼睛轻微一斜便能看到令人欣喜的面孔。

她叫仲姗，刚从美国留学回来实习，不过我知道她迟早还会再回美国。

我们相处了仅仅只有四个月，恰好生日是同一月份，相互交换了礼物，我送她的是一块手表，她送我的是巧克力。

我将巧克力放在了自己衣柜的最顶层，没有想过再去看一眼，更没有想过去品尝它的味道。

暗恋说不定是这世界上最美的爱情呢？它存在于无形当中，只要能看到那个人，心里就会很甜。

同时却又如此折磨着按压到一半的琴弦，虽然表面光滑亮丽，可是影子下被压缩的力度在持续折磨着未发出音的琴，不知该是放下，还是破音。

其实早就已经破音了，只是内心不能承受而已。

第一次见到钟姗，就觉得她是个挺有气质的女孩，有种深沉的美。外表看上去有些高冷范儿，属于你不主动跟她说话，就算在办公室坐一年，都未必会认识彼此的那种人，可能形容得有些夸张了。

钟姗每天都会穿不同的裙装出现在办公室，隔三岔五更换一个包包。有一天我终于忍不住了，试探性地问："你家里有多少这样的包包？"

钟姗盯着电脑屏幕，头也没回轻描淡写地说："很多吧，我妈经常会拉回去一大堆，我挑些好看的就自己用了。"

听她说完，我眼睛盯着那个外表随性简约，轮廓却充满线条美感的包包。确实是用金钱堆上去的颜值，很"能装"，每一寸，都彰显了时下年轻女孩的潮流主张，一眼看上去便能成为众人关注的焦点。

在三里屯街角你可以经常看到很多这样的人，她们画着浮夸的浓妆，戴着复古上翘的墨镜，额头被知性大方的太阳帽优雅覆盖，剩下以时尚定位的最新时装来凸显曼妙身材。就算不是哪个被街拍的大明星，却又一点也不失那种高档范。

跟钟姗混熟是因为办公室的饮水机，可能是有些人懒，看到饮水机里没水了，就暂时不喝了，坐等别人换完水桶之后，再慢悠悠地去接着喝。

钟姗不会这样，当然她肯定不会自己扛一桶水去换，只能回到座位上，面对我略带歉意地说："饮水机里没水了，能不能麻烦你去换一下。"

我听完二话不说，还乐颠颠地走过去将水桶换了，就这样不到半个月，钟姗看我的表情就不一样了，我们从原来的只言片语成为无话不谈的"闺蜜"。有时候感觉女人确实挺奇怪的，一件芝麻大的小事，她们却仿佛你帮了她天大的忙一样来对待你。

所以说女人都是水做的，好比是将卑微渺小的砂砾丢入水中，能在显微镜下展现出让视觉惊艳的美感。而坚硬岩石上所展露的涎玉沫珠，早就习以为常。

钟姗妈妈是做进口奢侈品生意的，在北京各个知名商场里有数十个商铺。在钟姗回国实习的这段时间，妈妈原本想着每天带她多认识一些生意圈里的朋友，哪想到钟姗固执地非要自己找工作上班，完全不用家里帮忙，最后她老妈彻底被她的死犟脾气征服了，也就懒得管她。最后撂了一句狠话，说你回国实习这段时间，家里一毛零花钱都不会给你，自己养活自己去吧。

钟姗默不作声地从家里走出来，她可以丝毫不用考虑钱的问题，手中那几张能透支百万的信用卡，完全够她随便找个地方怎么挥霍都用不完，因为最后不用她开口，妈妈也会替她还上。

钟姗在找到工作后的第一时间，就给自己的老妈拨打了电话，原本想要听到老妈祝贺自己，结果却恰恰相反。

钟姗妈妈在电话里说："那老板是不是近视，没看清你的简历，你一个什么都不会的黄毛丫头，能做什么？"

没等钟姗开口，接着说："那老板不会是色眯眯地看你吧，你现在马上给我回家，哪里都不许去。"

钟姗刚开口，第一个字说了不到一半，便被妈妈海豚般的嗓音压了下来。

"我告诉你啊，现在这个社会险恶，你这样胡乱找工作，万一被骗了怎么办。你给我记住了，这个社会除了你老妈我以外，谁都会害你的。"

最后钟姗气得在原地直跺脚，委屈地说了句："我老板是女的。"便把电话挂掉了。

第二天，妈妈就派人问到了钟姗老板的联系方式，开着自家的宾利轿车到公司门口接上钟姗和她的老板，理所当然地去五星级酒店里拉关系。

结果可想而知，妈妈把自己女儿夸得上了天，钟姗老板一个劲儿地点头附和。那感觉就像是妈妈是老板，而钟姗老板是员工，最后剩下钟姗一人无聊地打开手机看着泡沫剧。

有段时间我把钱都借给了别人，自己穷得叮当响，终于明白了什么叫软心肠饿死一条好汉。

准备向钟姗那个小富豪借点钱，我才开口，她便从包里取出一张粉色 Kitty 卡片。然后眯着眼，嘴角上翘，将卡片放到我手里，像个长辈一样拍拍我的肩膀，一副恨铁不成钢的模样说："没事，姐姐我养你，随便花。"

我看着那张粉红色卡片，里面的那只 Kitty 猫像是在跟我友好地握手说，以后我就是你的宠物了，不要客气，尽情"溜"我吧！

我抬起头，看着笑眯眯的钟姗，问："能透支多少?"

钟姗回答："我记得有七八十万吧。"

我感动地说："你不怕我拿了卡跑路啊?"

钟姗无所谓地回答："我真不怕。"

我抿抿嘴，说："你是不是傻?"

钟姗得意地撩了撩额头的秀发，回答说："我也相信你不是那样的人。"

当时我心里特别感动。

后来这张卡片我没有还给她，也没有用过卡里的一毛钱，而是将卡片藏在了她送我的那盒巧克力里面。

我知道这些记忆正在随着剧情的发展而被逐渐吞噬着，也知道岁月正在把我们推向死亡刑场的倒计时。而那段未来得及说再见的告别，在百年后推翻了黄土里的残骸，正颠覆空无的荒凉重新来过。

似乎所有的剧情夹合了遗憾才算完美，

似乎所有漂浮的频率都曾被你呼唤过。

浴火重生后未必会成为凤凰，

但只有这样才能同化为成长。

"Who was calling?"

接到钟姗电话后，手机听筒里传来的先是一个陌生男子的疑问。

接着立即传来钟姗低沉的声音，略带无力地问我："你在哪儿？能不能过来一下。"

我听后看了眼对面坐着正在看我电影企划案的老板，反问："你在哪里？我马上过去。"

这是我提前预约了快两个月的一次面谈，因为钟姗一句话，我对那老板说了再见，收拾好文件马上飞奔过去。

我开着车子一路急速飞漂，下车后气喘吁吁跑到钟姗说的西餐厅。餐桌前除了钟姗外，还坐着一位外国朋友，具体说是非常帅的朋友。

两个人在用英文争吵着什么，我一句都没听懂。无奈只能一脸郁闷地坐在钟姗的座位旁边，屁股还没有靠近座椅，那外国人就用手指着我的鼻子问钟姗："Who's he？"

钟姗没有说话，我用力拍开他的爪子，看着一旁生气的钟姗，没好气地说："我是她最好的朋友。OK？"

钟姗站起来，看也没看那外国人一眼，拉着我的手便向外面走去。

那外国人紧跟着站起来要跟着走，一旁的服务员慌忙走过去对着他说："先生，您还没有买单呢。"

此时我跟钟姗早已走远。

车子缓慢行驶在北京城二环上的某个角落，我们走过的每条路，是否都是曾经称之为地球的表面，用一件件金属物狠狠划下的伤痕。血肉模糊是我们看不到的表面，起伏不定是因为它还从没有喊过痛。

车内能看到一个个交叉而过的灯饰掩盖了路人还未做完的动作，悄然潜伏等待深夜里带领着冷风悄然划过刚刚走出便利店的路人，带着一些敌意进行最终审判。

当然，这一切并不影响此刻拥堵。

"我爸是美国人。"钟姗安静地对我说。我明显能感觉到她略带哭腔。

我勉强自己，冲她微微一笑，努力想要车内狭小的气氛不那么阒寂，理所当然地向她点头："我看出来了，你这么漂亮。"

"他把我妈抛弃了。"钟姗没有理会我的言语，接着说。

我错愕，将车子扭头开向了一家酒店的停车场。

时光荏苒，触摸不到的记忆会散去，结尾不算太美，却要学会附和。

没有学会败部复活，人生便成了一场场舞台的谢幕者。

如果能提前知道这是一轮透彻了未来一生的时间段，我当时会毫不犹豫将钟姗的电话挂断。

密封的车内还是能听到车外的喧嚣，街边的路灯透过玻璃将柔和的暖光散落在眼睛里，不带一丝温度，甚至还能感觉到它在吸走着皮肤表面的水分。

将车子熄火后，钟姗还是保持上车时候的姿势，没有一点改变，过了会儿，自言自语地说："他跟我妈离婚的原因是埋怨我妈在生下了我之后身材变形，在一起睡觉时找不回往常的那种激情。你说早知道这样为什么要把我生出来啊？我的出生就是他们经常吵架的导火线吗？我只想拥有一份完整的母爱和父爱，哪怕是生活在穷到不能再穷的家庭。"

我眼睛一眨没眨，惊讶地看着眼前这个女孩，一时之间不知道该怎么去安慰她。虽然她缺少关爱，但从来不缺少物质方面的东西，她不知道有多少人做梦都渴望拥有她现有的生活，但这些人也不知道她有多需要精神方面的依托。如果此刻我这样劝说她，只会显得我很虚伪。

她也没有给我安慰她的机会，眼泪顺着那张精致的脸庞流进嘴里，声音只剩下了哽咽："我去美国上学只是想寻找有关他的一点点影子，他究竟是有着什么样的人生，才能绝情到十几年都不跟我和妈妈联系。到了美国我才发现，想要寻找一个人真的很难，真的是比大海捞针还要难。他知不知道我是因为他才找的外国男朋友，即便我根本就不爱。他知不知道我一个人刚去美国的时候，身边没有一个认识的人，孤独到经常夜里会做噩梦。他不知道，他什么都不知道，他就是个彻头彻尾的混蛋。"

钟姗说完，情绪有些失控，解开安全带拉开车门向外跑去，我没想到的是情绪不稳定的她直接向着马路中央飞奔而去，我紧跟在她后面，一辆辆在深夜里开着近光灯的车子纷纷紧急刹车，然后传来骂声。

那一刻我心里真的没有自己，全是钟姗，紧跟着她在马路中央跑着。

不到二十秒钟的时间，一条街都是通明的车子灯光以及下车观看怎么回事的人。我用力抱着钟姗，硬生生地将她拖到了马路边。

好奇的路人在这时也纷纷围了过来，我看着周围的人，跟大家解释说没事了。

我紧紧抱着钟姗，两个人就这样在马路边上待着。

她哭泣，我哄着。她咬我，我忍着。她累了，我让她靠着。

最后都没力气了，我搀扶她到旁边一个公园里，两个人都累得坐在了石凳上。

星空被突如其来的乌云所遮蔽，像是专程跑来衬托我们两个人此刻悲伤的心情。

"旭光，你看我的双眼皮多么厉害，只要闭上就能覆盖整个宇宙。"累到没力气的钟姗，双手合十交叉，失重靠在我肩膀上，闭上了眼睛对我说。

接着又说："你说人死后会不会化作天上的星辰去守护最爱的那个人？"

话终，她眨了下眼睛，努力把眼睛睁开到最大，试图透过那片乌云看到被隐藏了的星星。

我将她脸上还未干掉的眼泪擦去，轻轻在她耳边说："傻丫头，不许胡说，你还会活很久很久，你还有那么疼爱你的妈妈，你将来还会遇到喜欢的人，跟他一起再生一个像你这么漂亮的女儿。"

钟姗拿出手机，打开屏幕，那是一张一家三口的合影，小钟姗害羞地站在爸爸妈妈中间，双手捂着有些微红的脸颊，眼睛从食指和中指的夹缝里露出来。很幸福的一家。

钟姗用修长的小拇指抚摸着屏幕中男子的侧脸，小声地说："我感觉现在好累，快要撑不下去了。"

我将她的手机屏幕关掉："能不能给我讲讲你在美国时发生的一些有意思的事情。"

钟姗闭上眼睛待了一会儿，说："我有一只可爱的小猫，它的全身都是白色，就鼻子那里是黑色的。于是我就每天用手指轻轻地点它的鼻子，一开始它会很生气，还想挠我。后来可能是习惯了吧，就很享受，像是我在给它按摩一样。"

"现在怎么样了？"我问。

　　钟姗轻拍了下我的裤脚，安静地说："你别着急，我还没有给你讲完，我回国的时候把它送给隔壁的老爷爷和老奶奶喂养，他们两个都八十多岁了吧，每天早上起床打羽毛球。上午在庭院里，老爷爷看书，老奶奶抱着一个手机，一会儿就笑一下，我猜应该是在跟他的孙子聊天。他儿子和儿媳差不多每三个月才回来一次。下午老两口叫来一个司机，开着车子出去，晚上七点才回来，我觉得他们应该是有什么共同的爱好吧。晚上出来走走后在客厅里看电视。"

　　那天晚上钟姗讲了很多，都是些鸡毛蒜皮的小事，但我都认真听着，时而插一句嘴。最后她靠在我的肩上睡着了，我轻轻将她抱进了车子的后排。

　　第二天是周五，我将她送回家后，她打电话请了假，周末两天我都没有去打扰她。

　　周一钟姗没来上班，打电话，关机。周二还是没有来，电话关机，我终于在下午忍不住了，请了假去了她家。

　　人很多，有哭声。钟姗走了。

　　他爸到最后都没有出现，可能在他的世界，早就把钟姗和她妈妈当成陌生人了。

　　我觉得一切发生得都很不真实，是不是我还没有睡醒。

　　第二天我辞职离开了北京，不知道去哪里，只想暂时逃离这里。

　　我以为在那条通往不知道终点的道路上，会将那短暂逗留的景色，刻印在海马体。

　　只是没有想到连自己的记忆都会贪恋，故此将天窗打开来疯狂迎着风口，一边任由借口轻蔑吞噬着前一秒刻印的画面，一边用手背将眼泪擦掉，迎接着通过头皮而新鲜涌入的乐曲。对了，那是被人们称之为终点的乐曲。

　　我感觉自己在死亡的边缘流浪了一回。

我不知道人死后 究竟会变成什么模样

我知道钟姗 一定化成了她想要的模样

随着被温度蒸发掉的血液

漂浮到空中逐渐凝聚

最后成形

穿越了空间里的云层

以光年速度飞奔向地球另一半

那里没有心伤 没有困扰

只有她最爱的

爸爸

所有的情节被埋伏在花蕊里试图绽放，偏偏贪恋雨露阳光，想要延续花香，却忘记在该散落的时候坚强。

她没有选择坚强。

她没有尝试在那条蜿蜒的路上回头，看早已等待她很久的彩虹。

她一直活在爸爸的阴影里，强迫自己找了国外男朋友，尝试爸爸曾经的生活。

她从来没有想过一个问题，妈妈为什么从小到大会这么宠爱她，还由着她去美国读书。我猜测他们之间的爱情成分相对来说不是太深。当然上一辈人的青春都经历了什么，我们都不清楚。

她外表看似冰冷，但内心却一直渴望有很多人来关注她，温暖她。

经常，将思维从深夜里散布出去，试图泛滥到将整座城市都覆盖，妄想可以为你勾勒出那副被灯火渲染后的画。就这样很简单啊，可为何连拾荒记忆都会被人误认为盗窃，呐喊出街头游走的酒鬼来驱赶。

经常，会做一个梦。梦里我在写这篇文章的时候，给钟姗打了电话。

"你在哪儿呢？"

"机场。"

"嗯，我听到提示声了。"

"那你还问。"

"什么打算呢？去美国毕业后不回来啦？"

"爸爸是这样跟我说的。"

"没事，就是写文章的时候忽然想到了你，问一下，这么巧你要走。"

"你今天不写文章是不是就永远不给我打这个电话了？"

没等她说完，我挂断了电话。

原来连在梦里，心都会很疼。

婚礼的你，很美

合上眼睛已经是凌晨一点了，很难想象有天我会花两个多小时来翻看一个人的微博。

从起初的幼稚到后来的成熟，原来参与一个人的人生，如此简单。

昨天娜娜给我快递过来的请柬是完全没征兆的那种，她也不提前电话通知我一声，让我有个心理准备。

当快递小哥打电话到我公司的时候，我心里还在想，是谁这么好，要给我一份惊喜。

随着时间的流逝，当我一步步打开的时候才知道，原来年龄真的不小了，原来她要结婚。快递里面是两份请柬，其中一份是给我的，还有一份是老江的。这就是为什么她没有提前通知我的原因吧。

娜娜是老江在初中暗恋的第一个女孩，后来他说她也是最后一个，暗恋一个人太自讨苦吃了，明明一句话就可解决的事情，非要拖着拖着，拖到最后白白浪费了美好的青春。

在毕业那天，这小子喝多后直接跳到了饭桌上，随手拿起身旁的啤酒瓶当话筒唱起了羽泉的《最美》，旁边同学也没人劝说，毕竟最后一天了，只要尽兴，做什么都可以。

当唱到副歌部分的时候，老江将眼睛直勾勾地盯住娜娜，撕心裂肺地吼唱了出来："娜娜在我心中是最美，只有相爱的人最能体会，你知道，我爱你，那是含糖的滋味。"

所有人都大笑了起来，对老江竖起了大拇指，然后看娜娜的反应。

娜娜攥住拳头慢慢地站起身来，努力对着老江挤出笑脸问："我美吗？"

老江想都没想："美，你绝对是我见过最美的。"

下一秒发生的事情让老江懵了，几十双眼睛齐刷刷地看着娜娜端起桌子上的可乐杯，快速端过头顶倒了下去。

然后强颜欢笑着说："现在不美了吧。"

老江慌忙上前想帮忙擦掉，桌子上一盘还未吃完的果盘被他踩在了脚下。老江顺势从桌子上滑了下来。老江倒地后左半侧脸紧贴在娜娜的粉红色运动鞋表面。

娜娜在这个时候是彻底对老江失望到绝望了，抽出被老江牢牢抱住的鞋子，没有说一句话转身就离开了。

老江起身朝着门口追去，但没跑出两步就被我们拦了下来，说要不醉不归。

其实我们是不想让他出去让关系变得更加尴尬，现在喝酒了，可以当作玩笑，明天就过去了，如果追出去，可能就是毕业后的形同陌路了吧。

老江那天晚上喝到最后居然蹦出了句"感觉自己失恋了"。

我抬胳膊就给了他一巴掌，我的手很痛，他却好像没有感觉。

打完老江，双眼看着通红的手心，我说："你恋爱了吗，就失恋了。"

老江看着挤出了一滴眼泪的我说："陈旭光，我失恋了都没哭，你哭什么哭啊。没听到刚才我唱歌的时候故意改的歌词啊，我就是想让大家误会她是我女朋友。暗恋了她整整两年，最后有一点虚荣心不过分吧。"

我说："我替我的手感到不值。"

老江说："哭吧，哭吧，男人哭吧哭吧不是罪。"

说完倒身跪在我的身边，抱着我的大腿狠狠哭了起来，留下了一群不明所以的人。

如果故事的剧情就到这里结束，会不会是最圆满的，起码还很年轻，起码受了伤第二天还能照常笑着爬起。

即便现在再也不会为此买单，但那揪心的疼痛早已爬进了身体里的细胞，随时都会苏醒过来给你致命的疼痛。

娜娜上高中后谈过一次恋爱，后来不知什么原因分手了，便开始好好学习，想着考一所理想的大学。

老江高中发育挺好的，个子没一个学期便超过了一米八，脸上的轮廓逐渐成形后成了班草。有好几个女孩都在追他，可他"守身如玉"，一次恋爱都没谈，还信誓旦旦地说："我这辈子非娜娜不娶，如果她将来要是敢不跟我结婚，我绝不会善罢甘休。"

两个人也时常联系，不过关系仅仅维持在打个电话而已，娜娜遇到心情不错的时候会答应和老江一起吃顿饭，而这能让老江前一天晚上开心到彻夜不眠。

大学后娜娜遇到了个自己很中意的男孩，她没有选择跟老江那样憋在心里不说，而是主动开的口。

　　结果不用想也知道，一个大美女主动送上门，哪有被拒绝的道理。

　　当娜娜将两个人的合照发到朋友圈的时候，老江感觉自己又一次失恋了，可是却很奇怪，他还是没有放弃，选择继续跟在娜娜的身后奔跑。

　　我记得曾经问过他一次："你这样有意思吗?"

　　老江不服气地对我说："那又如何，我相信她最后一定会是我的。"

　　我指着他的脑袋，他用眼睛死死盯着我，我最后以一句"你就是犯贱的命"结束了对话。

　　就在当时，一部叫《左耳》的电影上映，里面有一句话，给老江留下了深刻的印象。

　　"我们都想要牵了手就能结婚的爱情，却活在一个上了床也没有结果的年代。"

　　老江在电影上映后的第三个礼拜里，跟娜娜上床了。

　　到现在老江都能把当时的每个细节记得很清楚，甚至那个酒店，那个酒店所在的那条街的每个细节，他都铭记在心。

　　那时娜娜跟她男朋友吵架了，老江照常在这个时候扮演着暖心的角色。

　　老江越是安慰，娜娜越是哭得伤心，最后老江晚上十一点从宿舍的床上爬起来穿好衣服，走出校门连跑带爬地冲向火车站，到达时已经是凌晨三点了。

　　最快最先到达北京的一趟列车只剩下了站票，老江没有犹豫，直接买了下来。

　　上车后老江累到直接坐在厕所旁边的过道里昏睡，虽然身体麻木，可想想马上就能看到娜娜了，老江睡着后的脸上都是带着笑容的。

　　第二天到娜娜的学校门口已经是下午一点了，老江连一口饭都还没有吃。

刚想掏出手机给娜娜打电话，可是手机已经没电了，匆忙找到了一家手机专卖店充电开了机，拨通了娜娜的电话。

电话接通了，娜娜还在睡觉，打着懒散的哈欠问："怎么啦？"

老江激动地说："我在你们学校门口。"

娜娜睁开眼睛缓了缓，怀疑地说："别开玩笑了，今天周三，你们没课啊？"

老江抬头看了下手机店名字说："请假了，我就在你们学校门口这个手机店里面，手机没电了，充电呢。"

娜娜抬起左手揉了揉双眉内侧，想起了好像西门外还真有个手机店，开口说："你等我十分钟啊，我马上过去找你。"

老江连忙点头同意，即便娜娜根本就看不到他的头点得多用力。

当看到老江的时候，娜娜被他独特的造型逗笑了。

一个晚上没有洗漱的老江，头发明显有些油腻，并且还是爆炸式的。

带着老江进学校简单洗漱了一下，俩人去商城逛了一下午。

没有提不开心的事情，没有买什么东西，就是一左一右地走着，直到吃了晚饭。

老江开口说："我去网吧睡一晚上得了，一个人就没有必要去住宾馆了。"

娜娜皱着眉头说："不行，昨天晚上就没睡好，今天怎么能还去网吧呢。"

老江摸摸额头，尴尬地说："我一个人怕黑，不敢去。"

娜娜站在原地犹豫了几秒钟之后说："我陪你去吧。"

老江努力压制住将要偷笑出声的喜悦，装作不在乎地点点头，向着不远处的一家名字有点暧昧的酒店走去。

这种酒店里面只有大床房，没有标准间，老江用手指了一间粉色大床房，掏出了钱后，拿到了房卡。

进入房间后，在狭小而充满了浪漫气息的空间里，老江没有控制住自己的欲望，其实他早就期待已久了。

娜娜可能是因为老江为了自己大老远过来，心里很是感动，也就半推半就地附和了。

两人并肩相坐，缠绵交拥，头晕目眩，高潮迭起。对老江而言，这个世界仿佛只剩下两个人。

在这座城市里热恋的男女随处可见，你能想到的所有情节，都在他们的肢体动作中淋漓尽致地展现着，如此动情，远远好看过刻意编排的电影情节。

确实，有时跟一个异性睡觉可以说是太简单了，貌似也就是脱衣服穿衣服的事情。

至于有没有爱情的成分在里面掺杂，有时候看来，已经不是太重要了。

不是说女孩们随意，而是当她们面对已经超出她们承受能力的事情时，呈现在脑海里面的感性成分会更多一点。

这一夜，对于老江来说，是二十多年来最幸福的一晚，对于娜娜来说，是偿还了对于老江这些年来的亏欠。

第二天醒来，娜娜还要上课，便劝说老江赶紧回学校好好学习，老江没再坚持什么，坐上了去西安的列车。

当他以为什么都变了的时候，得到的结果却是什么都没有变。

事后没两天娜娜便跟男朋友和好了，面对老江跟什么都没有发生过一样。

这让老江很是郁闷，当时的他认为，只有相爱的两个人才能在一起。

他在我们的一个微信群里问了句，如果有天你和一个女孩好了，那个女孩却提起衣服就走人怎么办？

群里瞬间就热闹了起来，萧张紧接着问："你和娜娜？"

阿丝说："哪个女孩，快给我介绍认识一下。"

老江看完后，连忙想要解释什么，输入框里的字才打到一半，茹雪开口了："不正常吗？！这还需要解释？"

大家纷纷刷出色眯眯的表情，这时姿雅发出了一串长文。姿雅大学读的传媒专业，毕业后直接到上海打拼，没两年就成了赫赫有名的时尚主编。

姿雅说："你觉得很委屈吗？你要搞清楚，人家都没说什么，你倒好，在这里喊起了不公平。当然，生活在我们这个时代很难去谈什么是公平，什么是不公平，只要是你情我愿不违法的事情，我都不觉得奇怪。你不觉得是你不够成熟吗？你有想过人家为什么那样做吗？如果没有，真的，我打心底里看不起你。"

很犀利的一句话，把老江看哭了，眼泪滴落在了手机屏幕上。

将手机关掉后，老江躲在被窝里独自难受了起来，自卑感跟恐慌已经蔓延至整个漆黑的范围。

像是备胎的角色，即便比现任各方面要好太多。

是不是晚点遇到，就可以毫不留情进击在你眼前，让你没有选择地爱上我。

老江想着，反复想着，没有向任何人诉说，因为他觉得所有的人都不理解他的内心世界。

他不要什么公平，只想将自己伸展开来走进娜娜的内心，不管过程有多伤痕累累，只要最后是幸福的就好。

后来娜娜很少跟老江诉说自己的事情，她不想让老江伤得更深了。

可当一个男人，一个优秀的男人将你当作唯一女神般游走在你的四周，有任何困难不用你说第二遍，他会直接飞奔到你眼前帮你解决，这时你会发现你真的很难忽视他的存在。

后来娜娜出过一次车祸，左腿大量失血，手术不是太成功，可能会需要截肢，她那个男朋友听到后二话没说就灰溜溜地消失了。

是老江辞掉公务员的工作，像家人一样每天在医院照顾着娜娜。

当时这件事情是瞒着娜娜家里的，娜娜的母亲身体不好，怕她接受不了这个消息。花的也全是老江的钱，现金不够是用信用卡硬堆上去的。

娜娜最后完全康复了，后来再发生了什么，老江死活都不跟我说。

多么搞笑的人生啊，即便是这样，两个人最后也没有走到一起。

可能爱情就是这样，不是你的就真的不是你的，付出再多都没有用。

周末我拿着请柬到老江家里，看着心情还算不错的老江，不知道该怎么说出口。

老江看着表情不自然的我，开口问："怎么啦？脸上表情那么僵硬，是不是做了什么坏事过来找我忏悔。"

我试探地说："娜娜好像要结婚了。"

没等我说完，老江打断了我："我知道，你就是因为这个？不至于吧。"

我在确定了老江的反应肯定没有表演的成分后松了口气，侧身从包里掏出属于他的那份请柬，小心地放到桌子上。

顿了顿，总觉得哪里不对劲，老江如果知道的话，娜娜还用让我转交吗？

但我知道这时不该再开口说什么，便转身从卧室离开去大厅看电视了。

电视的声音很大，我尽量调到了最大，可还是能听到老江断断续续的哭声。

起身走到卧室门前，想要打开那扇紧闭的门进去安慰一下，可发现门已经被反锁。

中午我做的饭，老江喝的酒，没有吃一口，喝醉后满嘴的胡言乱语，大都是跟娜娜有关的。

看着这么一个大男人像个小孩一样眼泪鼻涕混成一团，心里挺不是滋味的，可也知道一个人的心如此，外人再多说什么都会被潜意识的那层防御自我省略掉。

婚礼那天是我们初中几个要好的朋友一起去的，这次大家都选择了沉默，没有人敢用自己的老脸去试探老江会当众做出什么荒唐事情。

化了妆的新娘格外动人，当两个人宣读誓词的时候，老江在餐桌上把52°的茅台当啤酒一样灌入喉咙里。

我们在旁边劝着，一人扒着他的腿不让他乱蹬，另外一个在他身后死死拧着他的双臂，那场景简直比舞台上的当事人还要热闹。

最后他也不挣扎了，安静了，还笑着说："他们真般配。"

当新郎新娘端着杯子到我们这桌敬酒的时候，我能明显感觉到老江的笑很真诚，而新娘的笑却很尴尬，端着杯子的胳膊还在微微颤抖。

婚礼回来后，老江在朋友圈发了条"说说"：眼不见的画面，摊开心扉也难以温暖，是在享受比死亡还疼痛的过程，不过还好已经是过去，不用再一次为你的离开挂冕。

配图是位新娘的下半身，隔着屏幕也能看出，那双闪亮的水晶鞋很美，穿在娜娜洁白的双脚上面，让知情的人看得有点悲伤。

鞋子是老江买的，花了差不多两年的积蓄，用他的话说就是，这是属于我们的爱情。

那天在他家里喝醉酒后，他终于跟我说了掏心窝子的话。

他说当初娜娜的腿好了以后，他们在一起了一段时间，最后又分开了。

他对娜娜的爱已经很久了，好不容易在一起了，他就想每时每刻都陪在娜娜的身边。

而娜娜跟老江在一起的原因大部分是想弥补亏欠，她想要的生活是自由的，而不是一天好几个电话的关心。

性格的差异使得两个人很快就产生了矛盾，一时的矛盾还好，可随着时间流逝而逐渐扩大化的矛盾带来的结果却是致命的。

娜娜没有说分手的资格，是老江不想看她每天不开心，自己收拾好行李离开的。

爱情是自私的，可人性却是无私的。

飘起来的誓言

1.

身为局外人，悦峰一脸严肃地跟索泽说："写作其实挺简单的，简单到感同身受就足够完美。"

"当我们嚼着眼泪将屏幕上的电影看到黑屏时，大家都沉寂在属于自己过去的那份伤感里面，久久不肯起身离开。你看这段怎么样？应该是每个在电影院看过电影的人，都有过的短暂模糊记忆。"

"呃，你就不能想一段美好些的哦。咱俩现在的处境，应该说些有盼头的，而不是继续叹息下去。"

"我们所剩无几的日子如同丧失了野性的猎豹，向着沧海尽头狂奔而去，只是它没有看到群鲨正浩浩荡荡向着它的猎爪游来。你闭上眼睛想想这个画面，像不像好多游戏或者动漫中宣传时的场景，最后谁输谁赢早已是被安排好的定局。"

"服了你了，知道你思维发散，只是能不能不要在此刻提到动物，我仿佛听到了狼的嚎叫声，说不定它早就已经盯上我们了。"

原定的计划是去山里找找有没有野果吃，可谁都没想到车子会在距离城市百里外的半路抛锚，救援车给的到达时间含糊不清，不过还好不是一个人，也不会太无聊。

2.

雪花在春季降落地表，未来得及装饰一番就已融化。他至今都没有回一个电话问候，像是已经遗忘了，没关系，听着耳机里传来的空荡回声，觉得今夜又该是难眠。又有几个人能体会到孤独也是会共享的，房间里大到角落里的衣柜，小到每一粒尘埃，全都是冰冷没有温度的，若是能跟它们用言语沟通，一定会听到它们诉说那个活物是如何如何可怕，她全身所散发的寂寞气息早就超越了不断飘浮而来的魂魄。电话铃声在这个时候响了起来，看到陌生的号码却瞬间感觉是他打来的。"您好，我们是石家庄瑰雪化妆品有限公司的，请问您最近是否有开店加盟的想法？"一声不吭挂掉电话后，看了眼时间，已经深夜十一点了，现在的那些客服是傻还是太拼，或是知道有些人太孤单了，需要陪伴。

夜晚时间的流逝像是正在盛开的花朵，很是柔和，倘若学会了享受，能感觉到它所嘀嗒过去的每一秒钟都带有些许不甘心所散发出来的涩涩气味。这个时候，还可以再为它添加上一缕强大的恨在里面，因为它还没有完全欣赏到世间的美就已死去，很是不甘心跳进早已为它铸造好还未盛放满的熔炉，那里堆积的尸体越来越多，有一天会有科技让它们全部苏醒过来。如同阴雨天经常会看到哭泣后不愿苏醒过来的城市。

芝姐白天的时候经常会过来探望，其实我心里知道对方来的原因里面，有一大部分是希望我可以去她的公司上班。那些我特别喜欢你的灵魂或是善良之类的话全都是骗人的，不过是曾经在杂志上发表的那张创意图文页面引起了她的好感，才托人找关系又制造意外后才认识的，可能到现在她都还认为自己的表演天衣无缝吧。没有说破是因为白天确实需要一个人来陪，以保证自己不会做出什么傻事。

"听说他前几天被困在了山里一夜。"

"嗯，那天他还发微博了，只是真不知道信号是从哪里来的，应该让他被野人吃了。"

3.

温热的杯子在手中紧紧攥着，里面白得发浓的牛奶随着摇晃而出现快速垄断退路的旋涡，配上芝姐高跟鞋踏地很有节奏的声音，形成了一段最好听的旋律。绫纹紧握的双手越发用力，钻心疼痛也就成形得越快，等到麻木了竟出现了久违了的发泄后的快感。

芝姐将房间整理好后，无声地坐在绫纹旁边打开电视，伴随着剧中女二号传出的声音同步了句："我曾在你这个年龄的时候，尝试过为了一个男人而背叛家人，最后伤痕累累不知所去。"

4.

让无声无息死去的时间在沉思中复活，索泽还是个整天跟在绫纹身边跑的毛头小子，他们总是在周五放学后的下午穿梭在校园后面的那条小巷，用索泽为数不多的零花钱品尝着美味小吃。当绫纹问到日后有钱了会不会将这些全部吃腻歪的时候，雷阵雨从天空降落下来打湿了毫无防备的人群，索泽慌忙脱下外套撑在绫纹头顶，笑声在瞬间压抑起来的街道中显得格外刺耳，像是电影中常有的画面。镜头中只有男女主角以慢动作形态拥抱在一起，周围匆忙行走的路人在为他们布置缭乱却又艺术感十足的场景，而那些错乱时间纷纷在此刻翩翩起舞，越来越混，那阵暴雨更像是绫纹身处未来时空焦躁的哭泣。

看着雨后的彩虹,"茄子"喊得是那么幸福。当时还在想,是不是也可以像看到流星般许愿。

青春气息在那刻向外散发得格外诱人,比片中主导的彩虹还要美。

5.

绫纹终于在第十九天的时候忍不住了,化了很浓的妆来掩盖这张脸上的疲惫痕迹,打电话给悦峰让他出来,在得到对方含糊不清的答复时,直接撇下一句:"如果你不想让晓月知道你做过的那些恶心事情。"

绫纹才刚说完这句话,对方的态度马上来了个 180°急转弯,前几秒还像是从地狱发出的声音,现在好像马上活了过来,讨好地说:"晚上下班我就去你家楼下找你。"

"我就在你公司门口,是你下一刻出来,还是让我现在就走进去。"

"你……"

等待悦峰出来的过程中,绫纹又尝试拨打那个电话号码,等来的声音是对方已经关机。

悦峰喘着粗气出现在绫纹面前时,绫纹已经连续拨打了 4 次电话,仿佛打接不通的电话也能上瘾。而他名字后面用括号包围住的那个 4,已经不知道从什么时候起,成了吉祥数字。

"他已经不爱你了,你这样下去不觉得很幼稚吗?这不是在拍电视剧,不是靠胡搅蛮缠就能让他重新爱上你的。"

"我是让你来教训我的吗?想想你背着晓月做的那些亏心事,你有什么资格跟我说这些话,把我逼急了,为了晓月好,我也要把你做的那些一字一句告诉她,你觉得她是信你还是信我?"

悦峰翻了翻白眼,撇着嘴说:"还真是最毒妇人心,你们在一起整整六年,难道还不了解他?退后一步说话,别说你了,如果我发现晓月有那种……"

"够了，搞得好像这个世界上的人都很纯洁一样，事情已经发生了，我有什么办法，难道能靠自责去将这些事情推到起点吗？你告诉我，谁没个年少时候，今天是来找你商量解决办法的，而不是一直循环那个问题！"

"那就给他些时间。"

"多久？一个月！半年！一年！还是他以后结婚的那一天！"说这句话的时候绫纹先是双手握拳捶打自己头部，然后蹲地抱头痛哭。这一动作让悦峰觉得心跳加快，有些不知所措。

"你别这样，我会想办法帮你的。"

"你看着我的时候，是不是会有种赤裸的感觉，一丝不挂，是不是脸上所有表情都是嫌弃的？"

"是你想多了，那视频是十年前的，这不怪你，当时谁有那么多的心机用在爱的人身上。"

话刚说完，悦峰才发现自己说错了："我说会帮你就一定会帮你的，放心好了，那个，我还要去上班，就先再见了。"

6.

回到家中后，绫纹快速脱去衣服向卫生间走去，没有试水温就直接打开淋浴冲洗自己的身体，随后一遍又一遍挤压着玫瑰香味道的沐浴露，抹到身上冲掉，再抹上，再冲掉，直到热水用完，满屋子都是玫瑰花香味道，抽搐着被凉水浇灌到浑身冰凉的身体，她觉得肌肤还是很脏，脏到已经不知该如何用它去拥抱索泽炙热的胸膛。任由湿漉漉身体上的水花落在地板上，走进卧室打开相册，用修长指尖在那个人脸上轻轻抚摸着，"究竟该怎么办，这样下去的我是放不过自己，还是放不过你"。空调吹出来的暖风很快将她走过的脚印蒸发，垂湿的头发也很快恢复了原色，接下来是她身下的床单，嘴唇被上下齿咬得有些干裂迹象。软靠在被子上面，盯着因为电压不稳而闪烁的灯罩，直到眼睛有些模糊，直到温度热到一定程度而让精神放松下来逐渐睡了过去。

2018 年 3 月 17 日　天气阴

所有付出在错误面前都显得微不足道，我们被时光波流的余震高高拥向了云层，你说讨厌这里的景色，要我放手，我不知所措地向后倒退，直到一脚踏空跌落。

你后悔了，没有随我下来，留在上面。我坠入海中后躺在无边际的水面上盯着你的影子，从亲密无间到触不可及，原来就这么简单。

2018 年 3 月 18 日　天气还是阴

月经来了，来得晚了三天，可能跟情绪波动有关，肚子钻心地痛，不想吃饭，不想喝水，在这一刻体验到了生不如死的感觉。

还在想，如果你看到这么狼狈不堪的我，会不会心软主动将我搂在怀里抱着，久到死去也没什么不可。

香樟树再有一个月就会长出嫩绿的枝丫，我却想象不到那时候的自己会在什么地方做着什么。你原来说过，这是一件很可怕的事情。

绫纹开始每天下午四点钟准时开着车子到索泽上班的大厦门口等待着，只为了看几眼他穿着帅气西装的样子。他好像总是在皱着眉头，跟同事交谈也是那样。

7.

十年前的绫纹有个男朋友，男朋友是早早辍学混社会的一个男孩，当时年纪小，出于好奇，她与男孩每个周末的晚上都会去宾馆开房。她不知道男孩那么可恶，每次都把手机偷偷放在角落里，将两个人的所作所为全都录了下来。如果不是前段时间索泽不知怎么从网上发现了这个，她早已经忘记了那个男孩的存在。她甚至都不知道索泽是怎么看出那个女孩就是现在的自己，这么多年过去了，模样与身材变化太大了，就连绫纹自己第一眼看到视频的时候都不知道那个女孩就是自己。

我们都该为年轻时候的所作所为买单，哪怕代价是血淋淋的，就是这样，在证据面前，你没法用无知姿态去将这一切看淡，更为可怕的是，接下来你要走的路根本就是一场死局。

绫纹第一次去索泽家是大学毕业后的第二天，她之前一直知道索泽家在县城挺有钱的，这次去还真是被吓到了。城外三公里的地方有一处别墅区，索泽家就在第一排的左边，阳光和视野全是最好，家中光用人就有三个，他爸妈是受过高等教育的，说话特别有礼貌，但越是这样，让绫纹越是不自在，她向来都觉得某些东西如果好到了一定程度就会不属于自己。

晚上睡觉的时候，她瞪着一双大眼躺在索泽松软的小肚子上问："你爸妈会不会不喜欢我啊，怎么忽然有种配不上你的感觉呢？"

索泽抚摸着绫纹略长的秀发，严肃地说："瞎想什么呢，臭丫头，你就放心好了，他们老早就说过未来不会干涉我的感情问题，再说了，你看他们今天对你多好，我都有些羡慕。"

"那你发誓，以后一定要娶我，不许抛弃我。"

"我发誓……"

原来发的誓那么轻易就能被捅破，原来捅破了也就成了说说而已，他曾经对她发过的誓言已经不是能用手指头数清楚的了，不过那又如何，在不知道他为什么看到视频之后，连两人住的地方都没有回来就直接断绝了联系。她在他下班后哭着抱着他解释着，得到的回应只是一句"以后你再来一次，我马上辞职"。她害怕了，以后再也没有来过，只能从远处看一眼他的身影，如果他离开了这里，就真的是会失去联系。真的想不清楚他怎么会忽然间那么绝情，在认识之前，他不也有过几个女朋友吗？

　　绫纹看到视频的时候是在下午，从来没有那么冷静过，先是给视频中的男的打电话，然后是 QQ，都没有联系上，凭着为数不多的印象开着车子找到了他家，开门的是个小孩子，绫纹没有理会，直接绕过孩子在院子里喊起了男生的名字，没有一丝温度，有的只是恨，没一会儿出来位长得还没有绫纹十分之一美的女人，问怎么了。看到这里绫纹仿佛已经知道了什么，继续问男生在哪里，女人显然被绫纹的架势吓到了，不自觉地说出了他就在外面不到三百米的工地上。

　　绫纹到的时候他已经在门口等着了，显然是接了女人的电话。绫纹下车后直接举起右手狠狠向他扇去，接着就是手打脚踹，这时候的他显然是根本就不知道发生了什么，双臂稍微用力将绫纹推倒在地，骂道："你有病啊?!"

　　"有病，我是有病当年才跟你在一起，视频怎么回事，我问你视频是怎么回事。"

　　"什么视频?"

　　"你偷拍的那些视频，难道你还不知道吗?!"

　　沉思了十秒钟的他慌了，慌忙解释道："当时还小，对不起，你听我说……"

　　"我怎么听你说，怎么听你说能让这一切都没有发生过?"

　　这时，绫纹用余光看到刚才那女人跟孩子从远处慌忙赶来，丢了句："我一定要你付出血的代价。"说完上车离开。

　　后来绫纹无数次想过要去跟他同归于尽，可这样做的意义是什么呢? 他都结婚了，有孩子了。自己呢?

8.

　　"他有女朋友了。"

　　整整一上午，绫纹的脑海里都在循环这句话，是悦峰打来的电话。

她开始不停在房间走动，一遍又一遍打扫卫生，又不停为自己化上精致妆容，总是觉得不够完美，卸了再画。终于，下一秒的绫纹拿起了手机和钥匙，向外跑去。

下电梯，进地下室，打开车门，发动车子，驶向大厦门口。按照记忆中路线直接奔向了索泽身处的公司，那时候的绫纹就像是个疯子般，不顾所有人阻拦，出现在了他的视线当中。

"为什么，这才多久就找新欢了，你知不知道我每天都是怎么过的，你究竟知不知道我有多难受。"

整个办公室几十号人的目光全都集中在了这里，索泽紧皱眉头努力让自己保持理智，随后拉起绫纹的右手向外走去。

"满意了吗？"在等待电梯的过程中，索泽盯着不断变换的红色数字问。

"我们在一起这么久了，为什么要牢牢捉住那件事情不放？难道这些年来所积攒的爱加起来分量就那么轻吗？"

"对不起。是我的错，原谅我吧，以后都好好的。"

"你混蛋。"

"我混蛋。"

电梯门打开，索泽率先走了进去，绫纹紧随其后。

"你不要哭了行吗？为什么到现在你还觉得受委屈的是你？实话跟你说了吧，那个女孩是家里给我介绍的，他们对你不是太满意。"或许身处狭隘空间更容易让情绪失控，红色数字显示还未下降两层，电梯的整个空间都被绫纹的哭声所占据。

"你骗我，你在骗我对吧？明明你爸妈对我挺满意的，你现在带我去你家，我要跟他们说清楚。"

"还有必要吗？什么骗不骗的，难道你还不明白，我现在只是想找个理由和你分手罢了，意思就是我不爱你了，拜托！"

绫纹继续哭着没有说话，她恨自己此刻的懦弱，之前明明练习过无数次要怎么怼他，可就是忽然间全忘记了。

电梯门徐徐向两边打开，绫纹平静地说了句："你回去吧，不用送我了，谢谢。"

"我们好好聊聊吧。"

"好好聊的结果是我们还能在一起吗？"

"你听我说……"

"别说了，是我对不起你，是我在十年前背叛了你对吧，现在你看我是不是特肮脏？"

"别说了。"

"我偏要说，是不是你现在特想打我一顿，说我当时不该答应你的追求跟你在一起，说你玩我的时候怎么那么带劲，说你为了段烂视频就可以把我毫无亏欠感地抛弃了。段索泽，我真没想到有一天你会这么狠心。"

"随便你怎么骂我，讽刺我，可我就是过不了自己心里这关你知道吗？我想过与你和好，可我真的不知道怎么面对你。"

绫纹听完后，解开自己穿的白色大衣扣子，双肩往后一抖，大衣直接滑落在地，紧接着是索泽送她的那件黑色毛衣，脱到一半的时候被索泽紧紧抱在怀里。

他的怀抱还是那样温暖，身上淡淡的香水味道，这款香水是绫纹推荐他使用的。如果，如果这个拥抱能久一点，该有多好。

9.

她还记得，索泽追自己的方式太老套了，不过确实还挺用心的。每天他都会去空间的留言板写下一个原创段子，很是押韵，当然这是辅攻，主攻是每天早上都会带不同的好吃的放到课桌内。是吧，说出来就是男追女常用的方式，可那个年龄的我们哪里会想那么多，少女芳心易动，还没到一个月，就败下阵来让索泽闯进了自己的城墙，当天他们就在学校的树底下牵手了，双唇紧紧亲吻在一起。那天他抱着她走了好久，笑声没有断过，那天的两个人好不快活。

或许所有一切都不再重要了，我们都将自己最恶毒与无奈的一面暴露了出来，知根知底在爱情中未必就是美好的一面。

那场下在春天的雪那么美，美得落地即化，显得很不真实，可能正是因为不真实，才会成为朋友圈中一时之间的热捧。

"分手"两个字说出来显得那么单薄，丝毫没有沉重感，它贯穿着一个人的生活，一条街道的氛围，一座城市的温度。你可以把它当作是种生离死别，在最后一滴眼泪落下后的角落。

10.

在一个很陌生的广场上，有一对男女显得格外特殊，起码在不算太热的四月初会让人这么觉得。他们坐在靠椅上，每人怀里都抱着一大桶冰淇淋，拿着小勺有说有笑地吃着。

"你说我们谁会是先结婚的那一个。"

"你吧，我比你大一岁，再者，就当我让你吧。"

"如果我终生未嫁，你会终身不娶？不会，对吧？你总是说不负责的话。"

"你长得这么漂亮，怎么可能会嫁不出去。"

"话是这么说，万一人家也看到那段视频了呢，你也知道，现在互联网这么发达。"

"你还是在责怪我。"

"还重要吗？"

两个人都不知道这个广场叫什么，所以觉得适合说再见。或者是不见。上学那会儿，绫纹喜欢吃冰激凌，索泽喜欢买冰激凌，只是吃了那么多，从未见绫纹拉过一次肚子，却苦了索泽要隔三岔五跑厕所。

爱过，就足够了。他是这么说的，因为他已经放下了。

那没有放下的人，还要多久才能完全被治愈，绫纹还在心里想着，虽然口中说出的话全都是在努力向对方证明自己已经无所谓了。

一个小时过去了，桶里的冰激凌已经被绫纹吃掉一半，索泽能明显感觉到她在打哆嗦，于是将自己的外套脱下来披在她的身上。心里很清楚，此刻说多少遍别吃了都会被当作耳旁风。

"要不要提前给我们未来的孩子联姻？你可以当作我就是随口一说。"绫纹皱着眉头问。

"好啊，我不想再敷衍你了。"

"我们走吧。已经分手了。"

"绫纹……"

港湾摆渡

我们都是迷路的萤火虫，试图将黑暗覆盖，寻找自己存在的意义。

照亮的是尘埃，空旷的是无边，迷失的是结局。

明知这样，也不肯翻开下一页面对崭新的开始。

奔跑 倾听 寻找陪伴

呼唤 落寞 存在的意义

十二月份中旬的寒冬，整座城市被白茫茫的雾霾所覆盖，它们像是被地心吸引住的野兽，在人类的忽视下，终于等到了释放，纷纷电火行空般冲出地面，想要将空气间的一切腐蚀掉。当然，这一切都像是我们在自作自受。

车子开始单双号限行，作为对大众的补偿，石家庄的公交车有两个多月的时间可以免费乘坐。对于个别有两辆车子的人家或许可以无视这一现象。工地上的农民工终于在这时放假了，虽然他们心里想的是要工作到除夕的前一天。

朋友圈里，一张白茫茫什么都看不到的图片，配上一段吸引人眼球的句子，大家争抢着将这一现象展示出来。

当然，这一切对于刚刚二十出头的我们来说，都是可有可无的发生。或许就连所在的城市一天二十四小时都被雾霾吞噬着，我也不以为然。

我跟晨枫坐在远离城市十几公里的郊外湖泊上，拿出背包里的两瓶二锅头。

我们商量好的赌注：谁先动了，就要公开写下自己的名字加“秦雪黎我爱你”。

现在是上午十点钟，初升的阳光投射在冰面上，再投射在我们眼角，山谷将自己厚重的背影强压至湖面。湖水浇湿了两个人的鞋子。我俩双手插兜，嘴里冒着哈气，互相盯着对方的脸一动不动。

我上下嘴唇打架，颤抖地说：“看你已经冻得不行。”

晨枫同样颤抖地回我：“彼此，彼此。”

我们闭眼没有再说话。既然已经逞英雄了，就要逞到底，我心里对自己这么说。

此刻像是已经感觉不到寒冷，酒精残留下来的余温燃烧着皮肤的每颗微小细胞，只是双腿不自觉发抖。

半小时后，我缓慢挪动已经发麻不受自己控制的双脚，转身向后跑去。

上来后，晨枫结巴地问：“你跑什么啊？”

最后的代价是我用粉刷笔在墙上写下了"我爱秦雪黎"。

只是我真的有爱过她吗？还是晨枫不擅长表达，将这段三角恋关系腐烂在了那段时光里。

直到现在我从来都没有怀疑过，最好的时光永远都是用来回忆的，而回忆是用来错过的。那些错过，正被时空里的蝼蚁缓慢吞噬着，即便你不想去回忆，被撕咬的疼痛感无时无刻不在提醒着你过一段这样的过去，直到我们老去也没能逃脱这份属于岁月的情感挣扎。

晨枫是我初中同桌，那时每天看着别的同学都是男女互搭时，我心里暗想：他怎么不是女孩啊？

晨枫是体育老师眼里的好苗子，每次训练从来不会缺席，其实他更像是体育老师眼里的机器人，所有的训练都像程序设定一样丝毫不差地完成。

夏天，下午三点的太阳火辣辣地照射着操场地面，我虽然不相信红薯埋到土地里能烤熟，但我相信若把摊开的鸡蛋放在地上绝对能煎熟。

体育老师吩咐所有体育生在操场蛙跳 10 圈后，自己回屋子里睡觉去了，为了防止大家偷懒，他让自己最信赖的好苗子晨枫来监督。大家当然不愿意在太阳底下晒着，晨枫也不愿做这个坏人，于是每次都是晨枫让大家休息，自己却顶着大太阳在宿舍楼外面专心听着体育老师的动静。体育老师起床，晨枫便聚集齐所有同学；体育老师洗脸，大家使劲往死了跑一圈；体育老师出门，大家满头大汗，气喘吁吁。

如此重复了一个月，晨枫照着教学楼大厅的镜子，感慨道："我多想自己是从非洲旅行回来的啊！这样说出去也有面子。"

晨枫虽然是体育高才生，可是却是一"文盲"，语文考试作文从来没有上过 10 分。

每次发下试卷，晨枫看我都是接近满分，自己个位数的红色墨水坐落在白色纸张上，太讽刺了。终于有一次他忍不住了，偷偷问我："那个旭光啊，为什么每次你作文分数都那么高，我连10分都不到？"

我看了他一眼，告诉了他我的"秘方"。

我一副很严肃的表情跟他说完后，他若有所思地点点头。原本一句玩笑话，到最后没想到引出了一场闹剧。

从此以后每次中午等大家都走完后，晨枫都会去喝一口秦雪黎杯子里的水，直到后来一次季度考试，作文题目是写生命中最感谢的一个人。

考完后的一个星期，语文课结束的时候，老师点名让我、晨枫跟秦雪黎去一趟办公室。

办公室内，老师拿起晨枫的卷子，指着作文页面，对着我们强颜欢笑地问："谁能给我解释解释这是怎么回事？"

我好奇地拿起试卷，作文标题是"我最感谢的秦雪黎同学"，上面的某一段写道：

我一直认为我的语文不好，是体育科目太棒引起的反差作用，自从听了旭光教我每天中午喝一口秦雪黎杯子里的水后，我感觉自己聪明多了，就跟漫画《七龙珠》里孙悟空喝了神塔上的水满血复活一样。

对此我在感谢秦雪黎同学的同时，顺便也感谢陈旭光同学。

看完我额头都在冒冷汗，用眼角瞄一下一旁的秦雪黎，只见她额头上的紫筋在悄然冒气，鼻子的毛孔也在愤怒扩张，一双小手紧紧握成拳头，双眼下一秒从试卷转向我的脸庞，我瞬间就被她的气场打败了，扭头看向了老师。

老师当然不会放过我们，连批评带骂地教训我俩半个多小时，最后让每人写一份三千字检查。

回到教室里，秦雪黎将喝水杯子狠狠丢在我身上，生气地骂了句："你混蛋！"

从此以后我的世界安静了，旁边的晨枫不跟我说话了，班花也不理我了。

直到某天自习课上，晨枫偷偷跟我说："陈旭光，你知道错吗？"

我木讷地点点头。

晨枫接着说："那我有事你是不是该帮我？"

我看了一眼他认真的表情，用力点头。

晨枫把嘴巴凑到我耳朵跟前，小声地说："我喜欢上了秦雪黎，你得帮我追她。"

我张大嘴巴瞪着双眼问他："真的假的？"

晨枫用力点头。

每天买瓶饮料放到她的桌头，坚持三个多月，差不多就在第九十九天跟她表白，保证会感动死她。

我自认为的馊主意又被体育老师眼里好苗子晨枫当真了。

从那天起，每天下午秦雪黎的课桌上都会有一瓶饮料，是晨枫早上中午晚上各省一块钱吃饭钱，外加自己零花钱买的。

只是晨枫不知道每次秦雪黎都会将饮料上交给老师。

只是我们也不知道老师为什么没有说破。

只是在第三个礼拜的中午，晨枫被秦雪黎看到了，秦雪黎看着慌张的晨枫，问："你总送我饮料干吗？"

晨枫回答："是陈旭光让我放你这里的。"然后慌张逃离了教室。

接下来一个月里饮料没有断过，只是秦雪黎看我的眼神不一样了。

在第七十四天的时候，秦雪黎把我拉出教室，低着头害羞地说："你每天让晨枫送我一瓶水，是不是喜欢我？"

我刚想解释，秦雪黎向前一步抱住了我，又转身走进了教室。

整个过程只有不到二十秒钟的时间，恰巧都被玻璃另一侧的晨枫看到了。

我回到座位看着双眼充满愤怒的晨枫，刚想解释，被晨枫无情地打断。

我没有说话，在课堂上通过纸条说清楚了是怎么回事，又说下课去解释，晨枫说了不用，让我好好对秦雪黎，不许多说什么，不然以后连朋友都没得做。

我呆呆看着坐在我身边的男孩，一时不知道该说什么。秦雪黎是我们班最漂亮的女孩，如果说不喜欢是假的，只是喜欢也只是停留在好感上。

嫩绿的树叶在肉眼可见的形态下，夹杂着不安，退逝成为灰色，过程可能也跟从婴儿到老人一样吧。可对我们而言，只有两个颜色在转换，只是一瞬间睁眼或是闭眼的季节。

那一年我跟秦雪黎在一起了，在晨枫的祝福下。

也是在那一年晨枫转学了，我不知道是不是因为我们俩。

其实初恋时候哪有什么经验可言，全凭着奋不顾身相信爱情是单纯美好的直觉，每一次牵手和亲吻都能触动内心最害羞的秘密。直到逐渐有了一丝波纹，就开始忙东忙西修补，猝不及防这个成语在纯洁的爱情里友情客串了青春，什么都不懂的年纪，没有夹杂一丝此刻想要的证据。

漫长的一天在另一个人的陪伴下，短暂得像是一部电影快进的感觉，每天都想把所有情节刻印下来，未来在广场上放映，告诉所有人，秦雪黎就是我的全世界。

我们在那段各自没有秘密，什么都互相坦白的岁月里，过得很快乐。

我们在那段不知青春宝贵的时间里肆意向前奔跑着。周末在校外广场，吃着烧烤，在我喝得烂醉后，秦雪黎扶着我，我为她唱着当时最流行组合——至上励合的《棉花糖》，虽然我唱得很难听，她却很认真地听着。

　　此刻美妙的瞬间，多想用余生冻结来多挽留几秒钟，内心渴望的远远要多过已经付出的，就像传说中生长在非洲荒漠中的依米花，五年扎根，一朝吐蕊。

　　可我从来没有觉得我们在一起是因为爱情，是因为缘分，我想我们在一起是因为一个兄弟的离开。

　　我终究不是秦雪黎最终靠岸的港湾。

　　爱很自私，自私是爱，可能人人都是矛盾体，人人都有人格分裂的倾向。心里想的和接下来发生的，即便在脑海中已经有过彩排，可是当面对面时，我承认我是胆小鬼。

　　我不能否认每次看到秦雪黎都像是看到了晨枫，在毕业考试后的第二天晚上，我没忍住，最终告诉了她晨枫离开的原因，说了我和她之间有的好像不是爱情，而是更加深刻的友谊。

　　此刻多么糟糕的画面，多么通俗的剧情啊，是不是在小说里已经看过百遍，想过千遍了，可你永远无法理解当事人的感受。

　　那一刻我感觉像是去偷了隔壁老王家的鸡被逮着了，成了众目睽睽之下的坏人，没有任何解释，任凭老王怎么来处置我。

　　秦雪黎笑着看着我说："别开玩笑了好吗？"

　　我咬了下嘴唇，说："没有，当初是晨枫说的喜欢你，让我帮他出主意，后来发生的一切都在我的意料之外。"

　　秦雪黎后退一步，神情有些恍惚，眼里冒出了泪花，哽咽地说："你骗我，你们全在骗我，从开始就是在骗我，为什么要走进我的世界，现在又要找借口把我甩了，你们这样好玩吗？你给我滚，我不会原谅你，我这辈子不会原谅你。"说完秦雪黎跑着转身离开了。

　　看着她转身的背影，我笑了；看着她消失的背影，我哭了。

　　五分钟发生的画面，像是要五年，甚至五十年才能忘记，或者说是一生。

154

周围所有色彩在这一刻变成了黑白，残留在脑海的身影占据了我整个心胸，压迫得我就快要窒息，像是瞬间点燃的炸药，要摧毁我的整个世界。

我狠狠给了自己一个耳光，哭着问自己，所有的一切都像是梦境，可现在怎么会如此伤心，还以书本中老套的方式说是友谊，说出口的时候我是有多傻才会觉得她会相信。

似乎接下来再做些什么，或者说些什么都已经无法弥补自己犯过的错，让一个爱你的人失声痛哭太过简单，简单到你再想去挽回已经为时太晚，她不是不爱，是不太敢再次被你伤害了。

仿佛爱的人离开后，我们能做的，唯一能做的，只有在心里祝她幸福，只是真的幸福吗？

在情感方面我们都如此平等地享受着，就连街头流浪的乞丐，也能说出一件让你思绪入迷的故事。

是啊。

你这种性格的人，永远都不会理解当时说离开时对她造成的伤害。

是你将她对爱情保留的那份天真泯灭。

是你将她用爱变成了最幸福的女人，又一句话残忍地让她看清楚了，原来爱情是可以这么使女人痛心。

当有一天你知道了在她的简单花房里没有一点乌迹的存在，才明白了你没有爱过她，还害了她纯净的一生。

地图上始终有个点是你瞬间能找到的，因为你在这片区域待的时间久了，脑海里有了框架，即便你不是画家。

四处游弋的诗人如果迷失了或许会更快乐，因为勾勒出来的眩晕画面，那是囚禁的自由更迭了该有的宿命。

整整一个暑假我都在分手的那个地点，用笔记本书写着我还能想到的每个画面，没有煽情的浪漫的句子，全是短暂的句号。

一本笔记本写完了，换了第二本，最后埋在了一棵小树下面。

以后还敢轻易跟一个人在一起吗？

我不敢了，我想痛到流泪是很多人都经历过的一件事情。很多人欺骗自己说已经忘了，可不经意提起还是会发呆，眼神迷失到一定程度后还会流泪。

希望你会像这棵新生的树苗，逐渐长高看到更美的风景，我没有办法替你承受你所有的伤心，却想在你离开那瞬间，燃烧我余生来把你落下的眼泪瞬间点燃成琐碎记忆，让你转身后就能退出有关我的所有经历。

后来听说晨枫跟秦雪黎读了同一所大学，大一时晨枫用了所有方式追秦雪黎，面对的都是一张不温的脸。

大二秦雪黎跟一名富家子弟恋爱了，维持了三个月分手了，原因是那名富家子弟有暴力倾向，秦雪黎身上有无数疤痕是在此时留下的。晨枫叫了朋友打了这位富家子弟，后果是第二天一群社会青年拿着铁棍涌进宿舍将晨枫的胳膊打到骨折，头顶开了花，学校对此竟无动于衷。

大三时，秦雪黎结婚休学了，原因是怀了同班生的孩子，两人都不希望打掉。结婚的时候，秦雪黎一个同学都没有通知。

到大四后半学期，我假期来到他们学校所在的城市旅行，跟晨枫买了酒坐在校园宿舍楼屋顶。

我们诉说着几年的成长，聊到秦雪黎的时候，晨枫哭了，将整整一瓶啤酒从头顶洒下，成了起着泡沫的泪人："雪黎的生活不该是这样的，她那么优秀，比所有人都优秀，可为什么才刚过二十岁就注定要这样平淡走过一生，我们都是混蛋，初中就不该那样对她。"

我拿起一瓶啤酒，狠狠地丢到地上，下意识闭上了眼睛，没有说话。

晨枫接着说："富二代那个事发生后，我每天都会做噩梦，梦到雪黎遍体鳞伤地向我求救，我却帮不到她。梦醒时都是在凌晨，我很无助。"

我拍了拍晨枫的肩膀，拿起酒瓶跟他碰了一下，将满满一瓶酒硬生生灌入嗓子。

看着校园的操场上一对对情侣走过，喃喃地说："其实我们都没有错，错的是命运不归我们掌握，这一生会遇到太多难过的事情，可是时间总会推着影子向前走的，我们将来也会结婚，雪黎不过是趁着年轻提前经历了，或许她也没有你想的那么难过呢。想开点，未来还有我们自己的路要走，我欠她的这辈子都还不清了，你不一样，你没有任何对不起她的。"

我这样安慰着晨枫，可感觉在我心脏正中央有一个死结，解不开，抛不去。

我们在那天晚上像是面对另一个自己，对彼此说了很多秘密，责骂时光留不住前进的脚印。

这就是命吗？老人们都这么说。

什么是命？旁观者怎么都不会明白当事人难受到要死的感觉。

我知道在这个有着七彩霓虹灯闪耀的都市里，能听到的真心话越来越少了，看看还陪在你身边能诉说烦恼的朋友，不管他在哪里，让他放慢点脚步，发生什么困难事情之前记得让他告诉你。

车子行驶的道路总会有终点，在雾霾里开灯之前，我还清晰记得一个人的轮廓。

占据了一个人的青春是件美好的事情，有温度地抚摸看不清的前方，如果你需要，我会为你燃烧自己的余生来点燃未涌出眼眶的眼泪，只为在你的青春留下一段美好回忆。

就连闭眼，都能看到最后牵手的夕阳。

明明很爱，却又逞强，牵着的手，潦草散场。

记忆始终牵引着青春，透彻过往。

心酸最后美得成了哀伤，回不到老地方。

歇斯底里也是在提防，何为离场。

可能年少就该让我们经历这些狂妄，来成长。

港湾靠岸如果需要摆渡。

那我想我只能陪你过渡，却不能被你度过。

奇怪的是，当我很用力想这个词语的时候，

它却调皮，将思维里所有概述都翻过一边。

都没找到。

现在却突然冒了出来，港湾。

想了很多话语，都不知该怎么围绕两个字写一段话。

或许是风吹得不够大，又或许与这个词语不搭。

海鸥旋转几圈会落下，回声还在问候你好吗？

最后我知道了港湾根本就不会靠岸。

还会来赴约演绎这场意外吗？

小熊抬头看看天空的灰色，望着看不到岸的海洋。

奇怪的是它想当个作家，把爱情叙述成一段段冗长文字。

却被身边最爱的人兜着圈子走。

奇怪的是它放下一切想要简单点，却被一步步推向复杂。

如果这是初心，那是不是放手才是简单。

它问自己。

港湾靠岸如果需要摆渡。

那我想我只能陪你过渡，却不能被你度过。

你一定要比我幸福

"能喝酒能证明我很厉害吗？好像是的，能让你们站着进来后，趴着出去，多有征服感。那感觉，就像是丰满的女人在抱着我的大腿。"罗月笑着说。

罗月将上衣一脱，端起酒杯，吼叫着说："谁还敢跟我喝。"

大家看着他那臃肿的身体，不禁替身材高挑的淳静惋惜，真是验证了那句"瞎了眼啊"。

可能眼缘这东西就这样，我们眼里都公认的女神不喜欢帅哥，偏偏喜欢这样的大白胖，太没天理了。

不过感情有时候就是这样摸不准，只要你的情商到了一定的境界，照样能在花丛里横着走。

罗月是我们朋友圈里面，学习最差，但是鬼主意最多的一个人。

到现在他都还没把所有的汉字拼音搞明白，却已经是三家酒店的老板，每天六点准时开着那辆红色宝马，出现在工商银行门口，接准点下班的淳静回家。

说他是没有文化的大老粗吧，确实没有贬低他的意思，但那超高的情商能甩写字楼里那些白领几条街。淳静这种比他身高要高，学历要高，总结下来就是连年龄都高的美人，是怎么看上他的，最后我们只能总结为，其实罗月也是有自己的魅力的。在他酒店上班的每个员工，小到清洗厕所的保洁阿姨，大到国外留学回来的高才生，每天看着他比看到自己的长辈还要尊敬，我们能看出那是发自肺腑的。可能每个人都该有一份天生的擅长，罗月在没有打到擦边球的基础上，百发百中，直接入洞。

淳静一米七六的身高，穿上高跟鞋直接就能超过罗月一个额头，接吻还需将膝盖弯曲下来。

她也是传统意义上的女强人，自己开着三家蛋糕店，另外还有一份律师的工作。

但她在性格上绝对能放得开，喝起酒来连罗月都怕。

我问过她，你说你喜欢罗月什么啊，要学历没有老梁有学历，老梁可是哈佛毕业，要脸蛋没有小周的脸蛋，小周的模特可不是白当的，要身材的话，三子那八块胸肌可不是当摆设的。总之这样算下来罗月全身好像没有一处优点。

她笑嘻嘻地跟我说："旭光啊，丢人不，你们几个大老爷们合起来跟人家罗月比，我都同情你们。"

我问过她，你俩谁占主动啊，我怎么觉得罗月是被动的那个。

她柔情地看着我的眼睛，认真地张嘴说，我不介意今天晚上把他分享给你，让你自己试试？

我汗颜。

淳静爱罗月，我们都能看出是真心的，双方都见过了父母，罗月妈妈对淳静很是喜欢，而淳静家里抱着不支持但也不反对的态度，意思就是你看着办吧，未来是你的，我们不强求。

罗月确实很会做人，每次去都给老人家买各种礼品，他想的是既然你们没有拒绝，那我就努力表现，等未来先把淳静娶进门再说别的。

两个人偶尔也会吵架，但是每次都是罗月主动认怂，是真怂的那种，主动去厕所拎着搓衣板去阳台上跪十分钟。

没办法，如果不这样，淳静在晚上会给他点颜色。

淳静平时总是嚷嚷着让罗月减肥，后来直接把家里的肉全都免费送给了我，据说在罗月没有减到 150 斤之前冰箱里不能放一块肉。

前几天罗月还能承受，没一个礼拜就开始哭爹喊娘了，跑到我家里将手机跟健身卡丢给我，让我去健身房跑到三万步，而他自己在我家炖肉吃。

我就每天看着这个酒店老板跑来我这么个穷苦人家混吃混喝，一天四顿，一个月后，罗月的体重不但没有减少，反而还胖了七斤，淳静为此还以为是自己家里的电子秤坏了，非要拉着罗月去诊所称一下。

结果还是一样，淳静用手指甲使劲戳着罗月松软的肚子，恨铁不成钢地说："你的这点肉怎么越减越多啊，老娘为了你已经一个月没吃荤了，从明天起，不减了，炒肉吃。"

罗月大喜，屁颠屁颠跑到超市买肉去了。

罗月也有自己强硬的一面，这一点我也是听圈子里的朋友无意中提起来的。老家的父母被三个同村的年轻小伙子闯到家里骂了一顿，原因是村里那点土地分割得不均匀。

罗月他爸是老实人，气得在原地直跺脚，最后没有办法了，给罗月打了电话。晚上十点钟，罗月叫了几个小混混，把那三个小伙子教训了一顿，罗月说："我回家都不敢跟我爸大声说话，你们仨咋这么厉害，还去开骂呢？"没一会儿警察来了，他们都被带到了警察局。

没有人知道罗月在警局里做了什么，只知道第二天中午罗月打电话让朋友去接他，还看到一个眼睛都快肿得睁不开的小伙子，在笑呵呵地跟罗月要烟抽。

日常罗月对待朋友一向大方，吃饭都是他买单，谁要是跟他抢，罗月过去就是一句："抢什么抢，你现在比我有钱吗？"被顶的人一脸尴尬，随后罗月又笑着说："将来等你比我有钱了，一定吃穷你。"众人都哈哈一笑，所有的尴尬都一闪而过。

有时候不是说你觉得谁的人生一帆风顺，他就会一直顺下去。

九月份入秋的时候，淳静发生了一场意外，改变了两个人原本没有碎石的轨迹。

那天晚上淳静跟闺蜜约好晚上一起出去吃饭，就在她出门的前二十分钟，全楼停电，电梯也不能正常使用了，没办法，他只能从十六层的高楼向下走去。

就在走到第九层的时候，淳静隐隐约约看到一处手机屏幕的亮光，随着她的出现而立刻熄灭。这让淳静有种不好的预感，心跳瞬间加快，随后转身便往上跑。就在这个时候，她听到后面有仓促的脚步声追来。

穿着高跟鞋的淳静没跑到上一个楼层便被陌生男人从身后搂住了腰，然后一个湿乎乎的毛巾向着她的脸庞袭来，还没来得及挣扎，淳静就已经失去了知觉。

等淳静醒来的时候，她最害怕的事情发生了。她躺在已经大亮的楼道里，是在最顶层，衣服跟钱包全都没了。

突如其来的意外让淳静瞬间崩溃，起身向楼下跑去，连续两次摔倒让她原本嫩白的皮肤表面布满了鲜红的伤痕。

匆忙跑到自家门口的淳静疯狂地用拳头敲着铁门，这时的罗月还没睡醒，迷迷糊糊地从床上穿着睡衣起来将门打开。

看着被摔得全身伤痕累累，身上没有穿一件衣服的淳静，罗月瞬间就呆住了。

而淳静没有搭理他，哭着向卧室跑去，随手将门反锁，等罗月反应过来转身拼命拍打着卧室的门，可他得到的回应只有淳静的哭声。

他一瞬间脑子空开了，空旷的大厅让他脑子发晕，一个不留神摔倒在地上。

然后他猛地站起来向电话机跑去，拿起电话给我打了过来，我记得当时自己正在去上班的路上，接通电话后还没有说话，就听到罗月撕心裂肺的吼声，"陈旭光，你给我马上过来"。

我能听出那不是在开玩笑，慌忙问他怎么了，他没有解释而是继续重复着那句话，"你给我过来，马上过来啊"。

我挂掉电话在二环上掉头加速向着罗月的住所驶去，等他给我开门进屋的时候，我看到了屋子里一片狼藉，连电视都被打碎在地上。而罗月的眼睛一直在盯着我，没有眨一下。

我当时确实被吓坏了，紧张地开口问："怎么了，就你一个人吗？淳静呢？"

罗月指着卧室的门，眼泪已经将他的睡衣打湿了一大片。

我顺着他指的方向走到卧室门口，拍着门喊道："淳静，我是旭光，快开下门。"

卧室里没有一点反应，二十秒过后，门打开了，我看到披头散发、没有一点精气神的淳静打开了门。

她穿上了棉袄，脸色苍白得可怕，吃力地抬起头问我，能不能送她回趟老家。

我扭头看了眼罗月，他还是我刚进门时的表情，我回过头来说了声"好"。

我们两个人向着门口走去，罗月穿着睡衣从后面跟来，我听到淳静转身嘶吼地冲着罗月喊："不要跟着我，滚啊，不要跟着我。"

声音在楼道里回荡着，久久不肯散去，我走到罗月身前拍了拍他的肩膀，小声地说："放心，有我呢，回头给你打电话。"

罗月还是没有说话，只是木讷地点了点头，站在原地看着我们走上了电梯。

从刚下楼手机铃声就开始响起，到开车驶出小区已经有十三个未接电话了。

不是我不接，而是面对淳静那要杀死人的眼神，让我实在没有滑动接听键的勇气。

随后淳静瞬间从我口袋里掏出手机向着窗外丢去，而我眼睁睁地看着一切的发生，来不及去阻止。

心里暗骂罗月，你们吵架就吵架吧，干吗把你老婆丢给我。

努力忍住没有爆发出来的情绪，小声开口问："你们怎么啦？"

我不开口还好，一开口就迎来淳静无休止的哭声，从拥挤的市中心哭到南二环，从南二环哭到高速。

我只能无奈加委屈地在一旁开着车，然后淳静像是哭累了，将头埋在我的怀里哽咽地说："我被强奸了。"

能明显感觉到汗水从右侧额头滑落，我听完立刻将车子停了下来。

入秋了，车窗两侧的树叶已经成了黄色，耳边还留下了旁边行驶过的车辆传出的怒骂声。

淳静抬起头看着没有尽头的前方，随后将头沉入大衣里，沉默不语。

我将车子缓缓行驶起来，小心地问："要不要报警？"

淳静说："不用了，我不想报警，我只是需要些时间。回去告诉罗月，最近不要联系了。"

我心中不同意，却不知该怎么打破这该死的沉默。

将淳静送到家门口后，她没有让我上去，只是说了句，"你无法理解那些在新闻里才能看到的文字发生在自己身上时有多可怕，我也不知道该怎么让自己走出去。"

再回到石家庄已经是晚上九点了，在马路边上借了个好心路人的电话，让罗月出来一起吃个饭。

饭没有吃，直接去了酒吧。"

要了四瓶伏特加，没有用小杯子，直接跟服务员要的鸡尾酒杯，一瓶正好倒满一杯。

罗月没有跟我说话，直接端起来就喝，半杯没喝完，咳得眼泪掉落，左手紧跟着扇向自己的脸颊。

我原本想问接下来你要怎么对淳静，可话到嘴边又硬生生地咽了下去，感觉说出来只会徒增罗月的压力。

我好奇地问："你手机没拿，银行卡也没拿，哪来的钱买单啊？"

罗月将手臂拍到我的肩膀上，吃力地开口说："这不是还有你呢。"

我慌忙把他的手挪开，扯着嗓子喊："你开玩笑呢！你老婆把我手机扔到车外面，我还没让你赔手机呢，你现在还想坑我，信不信我现在拿酒瓶砸你。"

罗月往沙发上一躺，两眼失神地说："随便你吧，如果你想让门口那几个保安把我打到明天你都认不出来，你就走吧。"

没有人会刻意留意我们两个人。

每天都有糟糕的事情发生着，可事到自己身边的时候才发现，那就像世界末日。

罗月不敢去淳静家里找她，他不知道该怎么面对她。

每天找不同朋友喝酒，喝醉了就睡，睡醒了就喝，最后把胃喝坏了。

淳静一直没有出现，最后给罗月发了条分手的微信后，手机就一直处于关机状态了。

淳静再次出现在我们的世界里时，是去银行办辞职，罗月像个傻子一样跟在淳静的身后求着她，可淳静像看着陌生人一样看着罗月，嘴里一遍遍喊着让他滚。

一直到机场，所有人都像看小丑一样地看着两个人在那里上演着电视剧里才会出现的剧情。

我们都知道淳静是爱罗月的，可她过不了自己这一关，所以她只能狠心地对待罗月，只是这样让我们这些局外人看着都心里难受。

"既然当初说过相遇是因为缘分，那这两个相对应的应该是一生吧。"罗月笑着对淳静说，可是哽咽的声音更像是在哭泣。

而淳静不耐烦地回了一句："细节在一天的时光里可以展示得透彻，同样不爱也可以在一个深夜下定决心。我现在不爱你了，这辈子都不会再爱了。"

最终淳静还是走了，可我们感觉罗月的魂魄也被带走了。他每天闷在家里不肯走出来，酒店的营业额在不断下降着。

深夜十一点半罗月打电话给我说："所有的一切都忘记了，可我为何还记得忘记，还记得有些东西想不起，我是不是疯了。"

我怕他会做傻事，直接搬到了他那里住，安抚着他焦躁的情绪，每天收拾着一股子酒味的房间。

其实我都纳闷，他这种小时候穷，长大后忽然富有的人，照理来说应该是比较花心的。

但人不都这样。

一个月后，我们认识的那个罗月好像又回来了，只不过每次出席宴会的时候，右侧少了一个人让我们很不适应。

分手一年多后的某天晚上，淳静给罗月打来了电话，醉醺醺地在电话另一边说："一直以为有一天我会穿起洁白的婚纱，一步一步在红地毯上微笑着向你走去，红地毯两边坐满了亲朋好友为我们鼓掌，然后我走到你身前，你半跪下为我戴上钻戒，再紧紧抱着我亲吻。"

淳静哭了，哭得很伤心。罗月也哭了，哭得很幸福。

淳静接着说："你知道我看着你送我的那些礼物，多少次都想毫不犹豫地将它们丢掉，可是最终我连拿起它们来的勇气都没有。我害怕，我害怕这么一丢，就丢掉了整个青春。"

罗月哽咽地把喉咙里的空气全部吐出来，像是要让自己置身于没有呼吸的死亡边缘，努力挣扎，却又逃不过命运的摆弄。

淳静接着说："你将来一定要过得比我幸福啊，不然我一定会恨你一辈子的，我知道你一定不想我恨你吧。"

那天晚上淳静说了好多，仿佛是故意要罗月难受，要罗月记她一辈子的。

那天晚上罗月没说一句话，只是眼泪一直往下流着，如果眼泪能够腐蚀皮肤的话，那罗月一定面目全非了吧。

不管在时间这条无尽的道路上，发生过什么让你爬不起来的事情，只要还留有一口气在，就不能让左手腕上的表暂停。

所有一切的发生都在抽象发生

多无能为力啊

可能就算是痛

也要痛到心脏正中心

也要痛得无与伦比吧

最怕谢幕后观众离去，虽然这也是早就设计好的剧情，但是在幕布正中央那道缝隙里看到这些，心里的失落感会逐步蔓延至舞台的每一个角落。

走进演出大厅是因为预告演放得很符合大众眼光，掌声鼓励是因为被剧情深深吸引，而演出结束后，你会不会把所有这些曾经吸引你的、此刻称之为回忆的一同全部忘记。

她可能真的忘了，除了那次醉酒外，再也没有主动联系过一次。

他习惯深夜失眠，右边的枕头一直放着，没有想过再带另一个女人来温暖已久的冰冷。

三年后她结婚，没有告诉他，他是在微博上看到的，其实微博的特别关心不会错过她的任何一条消息，他盯着配图里面的她看了好久，久到衬衣被眼泪打湿又变干，最后大拇指在屏幕上输入"你的婚礼，我能去吗？"

然后他把屏幕关闭，大口喘着粗气，像是刚跑完三公里，累到眼睛已经不想睁开，屏幕没一会传来消息提示音。

在高速上行驶了七个小时，从深夜到第二天破晓，从两个人的初次问候到转身没有回头的那个深夜，从来没有想过夜里可以这样漫长，只有四个空座位陪伴。

记忆曾不止一次笑纳，要我接受你在时空中的邀请，将车子开到极速前去赴约。

而你，走后从未留下一点痕迹，能让我更好地去寻觅。

而现在，你的婚礼，我是一位你已经遗忘却又非要厚着脸皮去走一趟的糟糕嘉宾。

当他到她家门口时，已经有些晚了，或者说是时间安排得刚刚好。

车队停在门口，新郎抱着新娘走出房门口，跟他想的一样，她美得像个公主，曾经无数次幻想过她穿婚纱的样子，现在就这样出现在眼前。

他在此刻像是娘家的人，目送着迎亲车队带着笑声向前驶去。

车子越走越远，眼泪越掉越凶，站在热闹的人群中央，所有人都在说说笑笑，没有人会在意他为什么哭，即便看到也会认为是哪家亲戚不舍得吧，此刻他只是个被遗忘的角色。

第四章　黑夜为葬，肆无忌惮

广场的钟声敲响了。

我醉醺醺站在下面。

指着它，咒骂它。

我像个傻子，它像是老者。

暗夜未静

1.

你看到了吗？将巨石投入湖中惊现不出一丝波澜，死寂沉默像是在向守湖人诉说今生宿命。

你察觉了吗？为了看清彼岸浓雾，我的每一次进退都是虚张声势，直到瞳孔被水雾侵蚀得模糊，直到放下心中执念选择沉默。

你爱上了吗？缓缓入喉未散去的酒香选择了沉默，用轻浮态度催你入眠，可怜的人儿，已经被情伤得忘记了爱。

你放弃了吗？在静谧无声夜里，轮廓被屏幕打亮，心里在奢望那方那人帮自己渡过贬义生存，融入另一个世界。

是谁早已在悬崖底部为你织网，扑朔迷离非要在绝望中寻到希望，若众生皱起眉头便能看到所谓的恶，那么这个世间是否就是灰暗一片。

我伸手搀扶你，随后平静走入人群，手中握着颗还在跳动的心脏，没有太用力，便能感觉到它在膨胀。和平背后，硝烟四起，你看不到枪，便已经死亡。委婉让人触目难忘，有些迷茫，为何不是其他模样，简单直接无须太多比喻就能恰当。

2.

高脚杯是透明的，凌乱模样倒映在桌面，很有层次感，在为接下来将要发生的一切精致演变。似真，似梦，似空，似代表着态度，代表着模式，代表着进退都两难。我在祈祷，让每个动作发生得再缓慢些。所有你想要的都可以从我身边拿走，只要能让左胸口那颗支离破碎的心脏复合，没关系，你可以提出再过分的要求。

我们谈爱，我们说爱，失去了爱我们还有什么再活下去的意义。付出不代表得到，失去却代表死去，我们不止是在享受爱，更是在爱里寻求阶段性的存在意义。即便对方是你的女神，得到就已经为厌倦做好了十全准备。我们贪婪，会对麻木做出排斥，我们喜新，即便会对失去后悔莫及。我们什么都可以无所谓，在没有尝试到后悔莫及之前。

随风飘浮在冰冷海面上，已经看不到所谓的起点。我目睹了失去的可怕之处，那是艳红色。心很痛，之所以感觉到痛是因为鼻孔不断将海水吸入喉咙，我不相信心真的会因为失去而疼痛。此刻的我应该已经没有了任何伪装，真实面貌被还原得失去了本身意义。小时候听大孩子们说过，人在遇到致命打击的时候，会产生两种结果，要么咬牙硬撑过去，要么堕落到失去自我。

有谁能体会其中缘由呢？没有人吧，看我脆弱到堕落只会令很多人觉得好笑，无所谓，所有一切全都还在，我此刻只想活好自己，在痛心世界里死去。

3.

那些正在掠夺最后一丝羞涩的恶魔，还是未来得及细细品尝便已入肚。它们俯瞰着万物众生，等待下一场争王之斗厮杀。谁是赢家？何来输家？这一切看似可怕，实则只是一场灵魂之间的交易，以精密布局去侵袭刹那间王位。

一直以来，我都想写一篇玄幻类型的小说，每次都是擅长写开头，接下来该如何一行行铺垫，让我很是困扰。这要归结于记忆问题，只要中间稍微出神就会忘记上一章写的是什么内容，便要为下一章沉思好久，这样下去着实浪费时间，毫无进展。在我的笔记里面有好些个小说名字，里面都仅仅只有潦草数十章而已。这些内容后来没有再翻看过第二遍，一来是害怕自己浪费时间，二来是那些内容太过于幼稚，觉得会狠狠打击此刻的自己。我费尽心思起的那一个个冷酷名字被永远埋藏在第三世界里，有始无终。只是希望将来有足够多的时间跟精力将这早已布满灰尘的故事再次打开来书写，你知不知道我有多么期待那一天的到来。

4.

媛媛打电话过来跟我说，应该写点短篇小说了，别每天尽整些乱七八糟让人看不懂的散文。

我想了想回答说，你看看现在那些短篇小说，自始至终，要么秀恩爱到令读者羡慕，要么凄惨到失声痛哭，多无趣。

媛媛问："那你的呢，在表达什么？"

我回答："就是因为没有那么多表达，才称之为散文嘛。"

5.

好多朋友看完我的文章之后都说我的文笔很好，但是太消极。

我想解释什么，却又不知该解释什么，唯一的想法就是在赌，赌这个还没有出现的市场。

6.

其实，我非常怕赌输后一无所有的自己。

我不是赌徒，所以异常地怕。

7.

手忙脚乱煮粥喝的清晨，我在厨房摔碎了玻璃碗，看着晶莹透亮的碎片安静地躺在地板上毫无一丝介意感，仿佛还继续沉睡在未破碎前的傍晚。那时的我左手提着刚从市场买回来的蔬菜，右手握着似有浓重味道的零钱，大步向前走着，对刚布置完灯笼的街景没有丝毫留恋。

开始觉得青春也没什么好的，白日梦陪伴着寂寞，身边恋人换了一个又一个，会做饭的跟不会做饭的，不知在其中究竟获得了什么，一手好厨艺算吗？最后还不是要自己做给自己吃，过程还那么惊心动魄，着了火。还有一次插排冒火花，紧张发抖的我直接用湿抹布去拔插头了，晚上跟妈妈打电话时提到，吓得她一身冷汗。

我一度以为，那个与你每天开心做饭聊天的冬天是最快乐的。你欺负我用凉水洗菜，然后切菜的时候见我把手划破流血了，你那着急表情，让我心头一热。这些都是大多情侣日常生活中很简单的小事吧，可对于现在的我来说，是如此怀念。后来我在太多时间中，能清晰记忆的还是这段时光。

就是因为这些小事，我在日后每次手指划伤的时候都会想起你，在那夕阳笼罩下暖景的傍晚，紧张到皱眉的脸部表情和下意识握住我的手指拉着我回房间找创可贴的动作，当时与当下的对比，我也只能转身弯腰拿起笤帚与簸箕将碎玻璃扫进垃圾桶。

姐夫的朋友圈更新了一条信息，内容是：融不进的城市，回不去的农村。

我在备忘录里模仿了句：追不回的过往，难兜转的相逢。

8.

同年的最后一天，我感觉全世界的人都喝多了，所有人都在摇摆着自己的身躯，等待着新的一年到来。

我们一大家子人一起在 KTV 唱着歌，基本上都是各玩各的，毫无顾忌。那天觉得自己还没有喝多，但就是不想喝了，跷着二郎腿听着姐夫那 90 年代初的人唱着 80 年代末的老歌，真的是吼得我耳膜疼，主要是因为那些大多是偏励志类型的歌，我这种不知上进的人哪里能听得了这些。

趁着轻微酒意，我强拉着他走出包房那扇门，我转身不解地问："我说姐夫，我知道你心里有太多不甘，姐姐家条件好，让你留在石家庄生活使你心情很压抑，但你能不能换种方式上进啊，你那种不着调的瞎吼，真的让人很烦哎。"

姐夫双脚小迈步去让自己摇晃的身体稳住，跟我说："光光，你不懂我的苦衷，我一直都是心里压着一肚子火没地方撒。你知不知道怀才不遇的感觉？我就是那样，明明挺有本事，却一直都被压在小职位上看不到尽头，但是我很肯定，一旦有个机遇，我一定比谁都强。"

我现在都能感受到我当时眼神里散发的那种同情。而我在他眼里，应该就是个什么都不会的愣头青，只不过运气好了点，找到个还算不错的工作，但他一定不知道我在背后付出了多少。我们一年见面的天数加起来都超不过一个礼拜，每次我都是尽情玩乐。

全世界有多少人觉得自己怀才不遇？哇，太多了吧，加起来应该都能将石家庄这座城市踏烂了吧。可社会就是这样，除了在乎你的人，谁会听你这些抱怨。

我一直都在想一个有趣的问题，为什么同样是做一个项目，用同样的钱，让你做就会失败，而让企业家做，他会挣到不知翻了多少倍的利润。很简单吧，因为你没那么优秀，只会自以为是，觉得同行业里面就我最牛。但其实就是你还没有遭遇到强手。

所以，在能跑能跳的年龄，别再说自己是怀才不遇的那种人了，因为没有人会来遇你这种什么都不是的"逗比"。

9.

"醉时同交欢，醒后各分散。"这句话的具体出处是哪里，我不知道，但我觉得它很有趣，吐出了很多人的心声。

不要将那些过去狼狈的人说成是多么不堪的人，她们就是我指的那部分有趣的人。因为你没有站在她们的立场上承受过那些无法用言语去形容的过往，同样你也就不懂她们有多觉得现在幸福的生活来之不易。

还有一段话，也忘记是在哪里看到的，大概意思是"有人会在社交平台炫耀自己的奢侈生活，但其实他们不是真心享受，而是让看图的人羡慕自己的生活，这种人极度缺乏安全感"。

我曾听某个人说过："所有的道歉并不是为了谅解，也不是为了挽回，而是因为他还想继续犯错。"

某个人就是我，我只是不愿承认那是我所想出来的。

当我成为那种再也不想让大家夸我成熟稳重的人时，就已经为以后买好了单，想想凡事墨守成规小心翼翼的场景都会让我觉得浑身起鸡皮疙瘩。

无论点灯是为了他人还是为了自己，我只想永远活在自己的世界，再也不想醒来。

10.

其实，还要谢谢你成功长大成为自己不喜欢的大人，才有了继续扑腾下去的趣味。

未照亮的灯光

1.

其实好想在这个自主的年代，

有一个人对我说，

我们一起逃亡吧，

哪怕，只是说说，而已……

我总是做着一个梦，

梦里是在一片荒芜的空白处，

有个小女孩对我说："我们去流浪吧。"

我笑了，笑得很真。

能有一个陪你去流浪的人，是件多么幸福的事啊。

真的很幸福哦！如果可以，我想用剩余所有的时间去换取一天这样的幸福。

可是，没有如果。

刚刚学习吉他的时候，手总是很痛，那么细的铁钢丝，把指甲印出了一条条细红的血印。

一段时间之后，会起茧，不是很痛了。

一个月后，茧逐渐成形。

你说，把这层茧捅破，再去弹吉他，还会不会痛？

会不会让成形的和弦变质？

不会，就算是流血也不会很痛，是习惯了吧。

我曾经在一个笔记本上写了一万句对不起，哎哟，好傻呀！却是我觉得最浪漫的事情，即便只有过程，没有结果。

我们真的还能，简单点。

2.

其实到了最后都无所谓

哪来那么多后悔

靠得越紧 看得越美

说穿了 也只是借口在作祟

看荒唐本就无罪

越真越累 越深越悔

谁怕谁 酒喝到十分不愿醉

女孩，我们似曾相识，能不能相爱，趁现在还年轻，寻不到彼此的出路。

女孩，你真的很有气质，举手弹指的动作都在勾引着我的荷尔蒙。

女孩，在等待你电话的时候，是一种探险过程，很喜欢看你在挑逗我之后的喜悦。

女孩，你该忘记过去的所有情节，哪怕那个人是真的好，能否别让我为难。

　　女孩，究竟是我们跟不上彼此脚步，还是说有人他在诅咒我们分离。

　　开始到结束，反复循环同一个过程，那感觉，像是从生到死，从快乐到难过，从明亮到暗淡，最后都以彼此流下的眼泪结束。

　　身体究竟是什么，几个不同器官组合而成，但看多了好像都一样吧，医院的男性患者比女护士还要害羞呢。

　　缠绵又是什么，不同性别的人在一起，谁跟谁不行呢？

　　当所有一切都看透，爱情究竟还剩下什么？拼命不断在经历过程，笑得捂肚倒地，痛得撕心裂肺，伤得体无完肤，还有什么？

　　最后累了，开始走非常人路线了，笑了别人，嘲了自己。

　　欲望，渴望，失望，绝望，期望。对待得到跟失去早已麻木，能不能还我平淡对待生活的一个信仰。

　　酒精可能会让人忘记所有一切，笑得像是小孩般快乐，闹得不顾后果，可有时候它却是在煽风点火让记忆像刀割般深刻。

　　怎么样过生活，才能让自己很快乐？可能再过二十年，就什么都不会想了，我在日记本写下这段话，安慰着自己。

3.

　　我路过了那条街角　有几只流浪猫

　　倒退到没有相遇的街角　还没有那几只猫

　　我看到了夜深未静　酒醉有落寞

　　如果还是不会买醉的我　也不至于说落魄

　　她说我变了，变得比原来绝情了，我说我也想找回原来的那个我，是你让我迷失自己的。

　　如果还想要继续说谎，能否先去看看孩子脸上的单纯模样，再用冰冷冷的枪口对准我胸膛。

开头就写得这么绝情，接下来我该怎样和平地写下去？

邋邋地向前走着。

伸手抚摸回忆，能感受到温度，贯穿了初始的连接点，如果这就是最后的底牌。

把想说的话，备忘在这雨林里，只是没有回放键来让你倾听。

于是乎，追逐，失控，任由身体沉入冷漠的夜里，伴随着手表秒钟协奏，让琐碎雨滴刺穿毛孔。

说不穿的是什么，说穿的又是什么，很多情节都是故事了，哪里能轮播。

向前走着，走吧，不要转弯，还有噼里啪啦的小雨陪伴着，连抽根烟的时间都省略而过了。

偶尔路过街灯还能看看一直跟着自己的影子，它不会指引我方向，只会让我更加迷失。

也许过段时间会好些，难过它不会总是陪伴着我，就这样想，或许会成真呢。

不这样想只会更手足无措，貌似没有多余选择。

4.

要用什么样的音符，搭配作者还没有流下眼泪的哭，让未来式的结局看上去如此不符。

咬文嚼字，一半一半，倒不如直接说放弃来得简单。

刚开始很喜欢写歌，理由很简单，想要出名。

后来开始逃避写歌，开始写作，理由更简单，写歌出名太难，有时还感觉怪憋屈的，而写作仅仅是为了取悦自己。

记得原来写歌的时候，从来都不会想着怎么去写主歌，而是直奔副歌。

编曲的那些人是晚上才来录音棚的，所以偌大的录音棚白天是属于我一个人的，很安静，与世隔绝。

有了一个主题之后，便将记忆开始总结，所有跟这些有关的内容全都浮出水面。

不过我还是喜欢喝酒后写歌，这时人会轻飘飘的，灵感也是这样，跟自己平时风格不符的文字，随着敲打键盘，全都一个个蹦跶出来，没有灵魂。

庸俗的人，写庸俗的文字，身边发生着庸俗的事。

要是问我，你的灵感具体都来源于哪里的话，我也说不出来，好像就是胡乱拼凑的，外加上一些小细节。

我喜欢当"庸俗的人"，做什么只要能博取自己的开心就好。

我喜欢写"庸俗的字"，不必再取悦于任何人自己发泄就好。

我喜欢做"庸俗的事"，能对着你展露出最真诚笑脸的自我。

5.

以写作的名义来摆脱寂寞，

在外人眼里觉得你多么有才华，

只有自己才清楚地知道寂寞有多可怕。

有什么证据能将发生过的空间记录下来，即便记录下来也可能是伪造，真假都那么虚幻。

平安夜，大家都很开心地在雪地追逐打闹着，我坐在卧室沙发上半仰着头将半杯芝华士灌入喉咙，再抽根水烟。

没有团聚，没有约会，孤单寂寞的感觉。朋友圈里全都是朋友们开心的炫耀，像是冷嘲热讽，生活它总是喜欢这样跟我开玩笑。

还能清楚地记得去年平安夜，我在宿舍楼下等了她一夜，当时明白了一件事情，说过的话，最后可以完全不算话。

　　她不下来的原因是前年的圣诞夜，前男友，就是那个厨师晚上九点下班后从邯郸坐高铁回来陪她过平安夜，不对，应该说是第二天的圣诞节，她很感动。

　　再明确地追究下去就是我已经提前半个月跟她商量好两个人今年一起过平安夜，她却放不下已经分手九个月的前男友，在那个平安夜。

　　回想前年的那个圣诞夜，坐在右侧的那个女领导将一堆没有做完的工作丢给我，自己跟情人约会去了，我独自坐在办公室内将电脑声音放到最大，将楼道里的感应灯都震亮了。

　　最后十一点才离开。十二点之前的一个小时都是一个人走在大街上，看着听着周遭的一切，只有羡慕。

　　白天的时候总是假装对此不屑一顾，是在伪装坚强，是不愿让人看透自己混这么多年了，现在有多失败，多难过。

　　好像总是这样，热闹的气氛从来都不属于我，往往都是一个人冷冰冰地待着。

　　逼自己写作其实是在间接地安慰自己我现在挺好的，还有点事情做，不是太寂寞，事实上没有人喜欢下班后对着冷冰冰的电脑。

　　多虚伪，以写作的名义将自己包装得多么高大上，能骗得了别人却骗不了自己。

　　那男孩西装革履，让人一眼看上去觉得，很是出色。

　　只有他自己清楚，待褪去包装后的自己，有多逊色。

6.

五年后……

你的婚礼，我没有去……

却幸福地哭了……

昨天看了张婚礼现场空无一人的背景图，手机敲打出了这十七个字。

五年后是你当初说过的理想年龄，或许会提前，或许未必会通知我。

或许，此刻只是还原那个单纯的自己来幻想那个场景，那个穿上婚纱美丽的你。

想着，想着，就会酸鼻，抱怨那个人明明应该是我呀，为何交错而过就是两个世界了。

可能就是因为现在还很年轻，工作压力不大，才有时间胡思乱想。

等五年后，我也结婚了，就真的是陌生人了，会不会有旧情复燃呢？哈哈，虽然只是想想，不过这个成语存在肯定有它存在的理由，谁说不是呢。

家庭，究竟意味着什么，我想我现在都不曾知晓，潜意识很是模糊。

有人催我结婚的时候，我说出的话总是那么一句，"我自己还是个小孩呢，怎么去将另一个小孩娶回家呢，然后还要再生个小小孩，天啊！"想想就烦死了，何况实际行动。

我不知道那些刚刚满十八岁就结婚的男孩女孩们是怎么想的，是怕对方背叛？是未婚先孕？是怕未来就找不到异性结婚了？……

忽然想起你高中的时候跟我说过，你妈妈不知道咱们俩之间的事情，催着你搞对象呢，而你害羞不敢跟她提我。

后来我想，如果当时我执意要你跟阿姨提起我，并且周末去你家做客，再后来的后来会不会都跟现在不同，不说完美，起码没有留下现在总是抱怨的遗憾。

"我爱你"，这三个字不该是沉重的。

我知道未来有一天自己肯定会结婚，只是不知道那个人是不是自己爱的。

我期盼，说爱你的时候自己是真心的。

同样，那个此刻还未相遇的女孩，你也一样哦。

妄想天真

1.

可能是习惯了每天晚上十一点钟睡觉，才会导致其余时间无论多困躺下后都无法入眠。翻来覆去地听着呼吸声，外面无法被阳台玻璃隔绝的车鸣声，还有日常被无视的挂在墙上的钟表的秒针声。着实无法集中注意力去随和困意达到集中为一条直线从而失去意识，没办法，起身冲了杯咖啡，刻意放了翻倍的量，既然睡不着，那就跟清醒同归于尽吧。

总是跟各种认来的姐姐们吐槽自己的人生有多么悲惨。比如学习女孩化妆却因为自己是油性肌肤而花了一脸；吃麻辣小龙虾的时候太摇摆，被隐藏在虾尾壳里面的浓汁尿了一身；还有网上不都说军训要在鞋里垫"姨妈巾"的吗，为什么休息时候我脱了鞋会有那么多人嘲笑……诸如此类奇葩事件好像每个礼拜都会在我身上发生，于是便自然而然为自己的油脂脸皮上添加了层被油炸得能溅起毛孔颗粒的保护层。我对任何嘲笑都已麻木。

偶尔看着那些参加选秀节目的帅哥们，还有那几个活跃在大荧幕上的"小鲜肉"，就算我是直得不能再直的"直男"，在看着他们比女生还精致的面孔时，都想拉过来在脸上虎摸几下。每当躺在天空下仰望蔚蓝色天空时，都会有使劲呐喊"老天爷，能不能通过阳光把你的超能力都给我"的想法。而期待伴随的始终都是无奈。

——我有多自卑，你应该能看得出来。

2.

如果有天我能得什么奖，上台领奖杯时会吐出什么获奖感言？想了半天，应该也就是感谢爸爸妈妈养育之恩跟七大姑八大姨栽培，接下来是可爱粉丝们一直以来的支持。最后应该就是你，你的离开使我脑海里涌现了多到快要爆炸的灵感。

到时候我应该会哭，会哭也是因为想念你。

3.

当电视剧情中的狗血情节发生在现实生活中时，你的第一想法会是什么？"哇，好傻啊！"有一次我声音太大了，吸引了一大部分人的视线，只得尴尬笑笑："看，继续看，那边才是主角。"我始终都觉得没有创意的模仿是特无聊地把自己当猴让人看。我好像是那只特别狡诈的猴。

从小到大看过的电影有上万部，我想了半天也没有想起一句经典台词，包括经典到不能再经典的《大话西游》里面是表白还是离别的那句。

有时候家乡话说出来会让同乡人憋不住笑出来，额头那一条黑线紧绷得似要断的节奏。

4.

第一次正式牵女孩的手发生在马路边上。

刚牵起不到五秒钟，自己心里无比地激动。

这样的现象发生在前三次牵手，后来好像是已经适应了，就再也没有过，心里很好奇会不会每个小男生都是这样。

5.

其实所有记忆都是不存在的，你所痛不欲生怀念的只是人名而已，随后非要延伸至画面，细节，情节，非要在那个虚无空间里撞得头破血流，还要展现给别人一副无所谓的样子。

初中时候穿着一身白衣就以为自己是白马王子，屁颠屁颠跟在班花身后当护花使者，走到哪里都会收到鄙视的眼神，班花从口袋里掏出镜子对着我的脸说："你仔细看看你的脸有多黑就知道他们的鄙视有多深。"难受得我回家就将白衣服丢在火堆里烧掉，自己把自己内心关闭起来好几天。这几天所有人都在做着日常事情，丝毫没觉察到我的改变，只是感觉到我在生气状态，就不跟我玩了。那时候我就知道，我的自我折磨都是对身体的不负责，万一发生什么状况，多冤啊。

在你离开这个世界之前，所有故事的发生都是开端，会持续无尽开展下去。

穿着白色衣服的皮肤黑黑的人，你可以是黑马王子。

白马非马，黑马突起。

6.

梦洁属于那种小巧玲珑形女孩，腿短腰细脖子长，所以很少穿短裤。跟她走在街上看到那些穿超短裤的大长腿美女时，我的态度想都不用想，直勾勾从头盯到尾。梦洁在一旁不屑地说："太可怜了，真想送她条秋裤套上。"我斜眼看她说："你懂什么，这是一种对生活的态度，都是你这样的，大街上会少了很多生趣。"

不能像在游戏里那般去挑选自己喜欢的外貌是件挺遗憾的事。每个人都有遗憾的事情。

那些被海浪冲翻在沙滩上的鹅卵石被有爱的人摆放在温馨的家中。

在清澈水中沐浴着第一缕晨光，好自在。

人的心脏都是一般大的，后期能膨胀，千万不要让它收缩了。

7.

"我喜欢你。"说出这句话的时候我一点都不会害羞，相反还很自豪。就算被拒绝，起码我还像个男人一样，去向喜欢的那个人表达自己的感受。

自身感觉还有很多自卑的地方，起初时会将此牢牢隐藏起来，不让任何人知道，随着成长，认识的人多了，便学会坦然了。那句话怎么说来着，叫"比上不足比下有余"。是的，我比一大部分人要厉害多了。

所以别轻易说我不足的地方，我的强项能远远甩出你两条街了。

嘿嘿。

8.

当有人不再追求奢侈品的时候，并不是成长了，而是没钱了。炫耀真的有那么好吗？就像我知道的梦洁，在家里吃外卖宅一个礼拜的周末，就可以当作省了好大一笔钱，然后毫不犹豫地在网上买下那件自己心仪好久的连衣裙。虽然我觉得她穿什么都不好看，并且她在收到货的时候会穿着去高档餐厅吃好贵的食物，真的省钱了吗？简直就是自讨苦吃。

9.

想让自己每天都有愉悦的心情，一直将钱攒下去的话可能吗？肯定不可能。

10.

在闯过来的路上，我有想过将自己复制成为很多人的当下，但随着年龄的贴近，毋庸置疑，面临的从来都是失败。起码现在的年龄还不敢像众人所说的那样做好自己就足够了，个人感觉这样会太过简单了，会在一瞬间就失去所有动力。热爱想象的人说，其实在 2012 年的时候，我们已被传送到了一个旋转扭曲的空间里，没有人知道宇宙究竟有多少个不同的平行空间。那刻起，我就给自己定了个目标，只要身体还能灵活地行动，就要不停去冒险尝试不同的新鲜事物。反正死都死了，再死一次也没什么不可。

可能这听起来并不是什么励志的想法，相反还有些搞笑。但我自己欺骗自己，告诉自己这是一个很有信服力的理由。

11.

看到 11 这个数字时，我首先想到了现在的自己还是单身，还是那么潇洒。只是想承受的痛苦还可以再多一点。用艺术做套路，是不是出卖了艺术。

可当我听到姚中仁唱《差不多先生》的时候，就在想自己是不是正在过着这样的烂生活，甚至还不如。一年一回顾，所有一切细节都像个天大笑话，还是没有立场的笑话。

是什么正在被什么演变成戏剧化的什么，我得到了什么正在失去什么又或是已经失去什么？那个穿着白色衣服大摇大摆吊儿郎当走在街头的少年脸上还是那么迷茫。

12.

我以自己就是全世界中心的方式活下去。

妄想能够将所有事情都简单化。

妄想能将诉说过的所有狂言都实现。

妄想你在我身旁，如果我还是那个无知的我，在那个没有欲望的小地方。

像爸爸妈妈那样，期待自己的孩子将来比自己过得好就知足了。

淋雾之都

1.

泼洒在桌子上的泪花侵染了朽木纹理，随后情绪蔓延到了整个房间，而生活在这里的主人正在被同化成为眼神无法聚焦的死物。

弥漫至空间每个角落的雾霾几乎将整座城市笼罩了起来，像是在警告大家它完全有能力来得再汹涌一点，让楼层变得腐朽倒塌，让河流浑浊鱼儿死去，再亮的灯光都无法使空间清晰。拉紧着的双手丝毫没有安全感，汽车喇叭鸣笛响声合为一起惊吓了正在觅食的乌鸦，所有人都充满了敌意躲在房间不敢出来，透过玻璃目睹这完全陌生的世界。没有风向来辨别它们最终目标在哪里，屹立不倒的城市已经陷入了一场最大灾难。

逐渐向序幕两边拉开的是都市迷宫，一只只撞倒在树上的鸟儿在拼命挣扎着呻吟，世界本就荒凉，此刻更像是在还原它最真实的面貌。我们全都当作局外人来身在其中。

没有了颜色，就是灰色，这个世界原本就是灰色的，我们在不断装点着它，它也会有愤怒。很怕有天它会用愤怒将人间变为坟墓。

有时候我会像个叛逆小孩一样祈祷这天的到来，为无聊生活添染上一缕亮色。

2.

我们在无数个夜里为了什么而举杯？没有人喜欢将抹杀寿命的酒精喝到胃里。

玻璃窗外有个妇人茫然站在原地，不停按着手机，像是在等待着铃声响起。她头顶的那盏电灯在闪烁间将她衬托得有些可怜，铃声响起，屏幕亮起，她很着急诉说什么，全都被隔绝在了那层不透风的玻璃外面。在那非要听清声音的瞬间，整座城市不同声音全都拥挤而来，通过耳朵汇集在了脑海，我能感觉脑海密集度大过宇宙，却大不过那些无辜眼神所带来的问候。

每一层玻璃之间都隔着千丝万缕的网络结构，隔绝了人与人之间最不想丢弃的信仰。

我一直都觉得它并不完全透明，在阳光照射下所倒映出来的光带可以将人最不想看到的东西变得模糊起来，它们想隐藏的东西是什么？应该是每天所看到的不堪。

忘记了是哪个阶段的同桌在自习课的时候跟我讲过一段话，他说在歇斯底里最深处是快乐，因为情绪已经爆发到了忘我，忘记了自我便是神话当中的成魔。魔是坏人，须尽一切代价去毁灭。而这个世界太大了，在这里摧毁半天，在那里捣蛋一天，就需要很多人去收尾。这其中只要自己满意就够了，从来都无须考虑后果。

当时我一脸疑惑看着他，瞬间感觉跟他之间形成一条很深的隔阂。当时我每天只会想着下课后怎么玩耍能得到更大满足，从来不会将思维转移到校园之外的世界，觉得那些离我太过于遥远了。

永远都说不出，也难以理解眼前那个人的内心世界，好比是自己随时都会对一件事情在一秒钟内改变看法一样。水会随着人力轻易改变它的方向，所以有太多话只要记住，然后提前适应它接下来的改变。

3.

醉生梦死在深夜十一点五十九后的可怜人儿，你看上去就像已经同化成了这座城市最底层的寄生虫。

看不透人情世故该做到什么地步才能进退自如，是否因为自己活得太庸俗缘故。每当看着电视剧里演员的自然演绎，恍然间会觉得那就是最真实生活。而自己现在每天所低头走过的才是剧本人生，那么赶，那么急，嘲笑了编剧人，讽刺了糟糕的自己。

那些流传在当下的诗篇记录着多少不是理解后的翻译，我时常质疑它们的存在对这个时代还有什么意义。相隔的不仅仅是距离，还有与很多观念完全不同的朝与夕。

我故意用墨水将书本中的文字侵染成为黑色，在夏至里的黑夜未见最后一点光亮的那刻。

在那一刻还看到未将大地完全照亮的月光在试图将我最想抓住的信念焚烧成为碎末，原来无望的代言并不是绝望，而是彻底崩溃。

心灵活成了倒影那面，甚至有些分不清楚两者迸裂开来的第三者是不是错觉。

无关过往，酒吧打烊，生命中最亮的一丝光线将街头照亮。

尽头是游乐场，身后是镶满了钻石的殿堂。

闭上眼睛，将剩余的春秋在此刻全都释放。

直到苍老，变成比骨灰还渺小的物质，去追随已经不知道飘向何方的信仰。

4.

徘徊在逃脱不了地图控制的街角，手表指南针一直在指向西北方。

那里有我最难以忘记的轮廓，是七年前的，对待一面之缘的陌生人，我也只能这么说。

有好多女孩，未来得及打招呼就消失不见的女孩，此刻的她们过得怎么样？应该挺幸福吧，因为在我眼里她们是那么完美。

眼睛也有拍摄功能，它会将心动画面自动拍摄下来记录在脑细胞里，一旦触及与此相关的词语时便会自动浮现出来，一幕幕，像是幻灯片里停留几秒钟的播放，不同点在于杂乱无序。

当下再圆满都会有过去在不停逼近说不甘心，真的没有办法做到不后悔，只能说是尽量做到潇洒点，像浪子一样，虽然未能真正理解浪子两个字的含义。

将歌曲的伴奏通过扒带方式一段段拆解开来是音乐人才会做的事情，他们听的不是歌，而是创意。

将疼痛通过写作方式一点点呈现出来，不是洒脱，而是自虐，是不是只有解脱不了过去，正视不了现在的人才会这样做。

深夜里的啼哭声吵得寂寞都拍着我肩膀安慰，在现实面前，连它都比眼泪还仁慈地教会我要记住过往对话中每个人的名字。即便现在的你一无所有，但这些是要伴随一生的存在。

我的执着里加载着多少人的毫无保留，早就已经忘记。

那些没有结束的过往就留给未来去好好珍惜。

能不能偷偷告诉我，那个时候的你，在哪里。

5.

我将自己的荒唐上了枷锁。

像是雾霾给大家上了宝贵一课。

而那些未添加香料的爱需要用什么去品尝。

我还在咖啡厅里对着笔记本思索。

"这是你想要的生活吗？"

"不是。"

这个问题我已经被多少人质问过。

如果，我也只是说如果能在将来实现我所想要的生活，也未必会真正地快乐。

黑夜为葬

当有一天安静下来观察这个光速穿梭的时代，才发现时间它流逝得并不是很快，是人心变化总令人难以和平对待失去与拥有。它温柔地将万千世界拥在怀里，耐着性子来编写所能想到的一切。以新生为礼，以斗争为葬，将疑问沏在大海里品尝，若不能珍藏，就让它灭亡。

1.

当我靠在沙发上续看去年春晚的时候才发现，好多片段一直都在脑海里停留着，从未逝去。桌子上的零食和饮料被堆积起来，房顶挂满灯笼，妈妈不断从厨房里进出忙碌，额头还挂着汗珠。此情此景已经发生过很多次了，随后都会以嘟囔一句"我又要老一岁"来收尾。

从心底里排斥过节，讨厌热闹无比的场景，讨厌欢声笑语的打闹，总是喜欢在这个时候一个人躲在安静卧室里翻阅过往的彩色照片。

公司的年会也总会在这个时候举办，我讨厌穿黑色西装，想要穿白色西装来衬托自己的年轻。这个想法在我刚提出来的时候，就被领导无情否决。他说正式点，这不是你之前那个娱乐的圈子，老板们都上年纪了，看着估计会很别扭。

我点头，看着窗外已经把行人脸颊遮挡的夜色，心里一丝淡淡的不满被移散，而浑身被吊灯照亮的暖光在清晰排斥着这一切。场景发生在洗浴中心的晚上七点钟。

被很多人所羡慕的未满三十，被我狠狠遗弃着，过会儿要去陪领导吃饭，再过会儿还要回女朋友家里听她的抱怨，感觉自己的人生完全被活成了难以扭转局面的斗牛场。

我从未向任何人倾诉过，因为不想让他们知道每天嬉笑看似毫无烦恼的我，还藏着那么多不为人知的背面。

2.

除了在精致的 MV 里，在现实当中，我已经很少能看到所谓的暖色，灯光照射下来的暖色总是令人难以将它跟情绪联系起来。

公司年会如约在酒店开始，我作为主持人在舞台上四平八稳地调和氛围，其实内心早就迫不及待下场。

飞舞的尘埃在追光照射下，显得格外温馨，满脸欢笑的大家一边将听觉和视觉停留在舞台上面，另外一边吃着喝着闹着笑着来让自己显得更为突出。而我只有在这个时候才会感受到那种重新做回自己人生主角的闪耀。

菲姐像是总能看穿我的想法，说："去玩吧，忍了这么久，够难为你的，剩下来的我来主持就可以了。"我点头致谢，脱掉外套向着人群走去。

节目流程已经全部完了，我对着台上正在收尾的菲姐大声放肆地叫了出来："菲姐，你真漂亮。"

大家把视线全都先汇集到了我这里，然后看着舞台上不知所措的菲姐。

有很多场合我都希望它能永恒延续下去。

这里所残留下来的痕迹很快都会被销毁，像是什么都没有发生过一样。

我是最后离场的，看着公司的人一个个离去，看着服务员带着抱怨打扫残局。直到最后保安过来和气地劝我说该锁门了，我才起身拖着疲惫的身体向外走去。

我讨厌热闹，因为我总是习惯最后一个离去。我不舍得离去。

3.

酒醉后的哭泣是痛快的。泛红的脸上丝毫感觉不到滚烫泪水划过的痕迹，不知是什么情绪在源源不断涌向头顶，痛到快要昏死过去，却还有一个点在硬撑着，就算压力再大都不要轻易妥协。

打开微信，想了半天写出了一段话，没有配图发了出去。

我愿大醉，没有意识地醉。

我恨写作，从来未开心过。

偏偏能做的只有这样发泄和描绘未来。

我们像是在被欢跃奔腾的河水所带动的流沙，牵引肩膀不断向前行进，说不出什么时候会被外物拦截，抱着侥幸姿态栖息在属于自己的那一亩三分地里。

三子说，本就该肆意的青春，能多荒唐不重要，此刻我们要的是疯狂。

4.

在成长过程中，究竟怎样才能让未来的自己笑着点头。我一直在想这个问题。因为此刻在观望过去的自己时，内心只有悔恨，那俯首在街灯下的影子正默默抚摸着伤痕。

那些被隔绝在不同的时空里有无数个自己正仰头充满自信地向前走着，在他们脸上，你丝毫看不到对这个世界的绝望，只有无尽希望。浑然不知交叠了数亿帧数后的那个人正被迷茫包围着，浑然不知下一帧的自己会有什么想法。

已经忘记有多长时间没有喝过咖啡了，本就失眠，害怕喝下去之后会整夜无眠。但每次路过星巴克时，都会习惯性停下脚步来看着端坐在椅子上西装革履的人，左手端着正冒白色雾气的咖啡，右手时不时在笔记本上敲打两下，那是我梦寐以求的生活，也是我最触不可及的生活。多么鲜明的对比，此刻我还可将肩膀垂得再低一点，右腿可以再弯一点，脸上透露出来的羡慕可以再浓一点，我羡慕他的生活，却不肯放弃自己的生活。赤裸裸的矛盾体。

菲姐抱着暖袋从公司里走出来，冲我点了点头，指着星巴克的大门示意我进去喝一杯，我摇头拒绝了。我以为她会一个人进去，她时常会一个人进去，说哪天没准能艳遇个"高富帅"，我笑她肤浅，她笑我无知。她犹豫了一下，向我走来，看着身材高挑的她，清楚她应该不是找不到男朋友，而是还没想找男朋友。

我们在冰冷的街道上向前走着，说话时吐出来的哈气飘至眉毛，不然我怎么会有种眉毛结冰的错觉。她开始总以大姐姐的方式开导我，到后来以恨铁不成钢的心情劝阻我。而现在，她会聊很多自己的心事，因为她觉得我的内心世界怪复杂的，说出来的话语总能一鸣惊人，反而她才是应该被安慰的那个。

我们像是一对情侣般向前漫步着，如果真的能成为情侣，我便能牵她的手，像旁边不断路过的情侣那样。

阳光没有温度地散射在身上，恍然有一瞬间我在想，菲姐未来会不会在某个节点等着我，等着我穿越年轻容貌的轮廓，穿越诱惑所带来的欲望，用最成熟的一面来对她说句表达自己情感的话。但我知道那天一定不会出现。

晚会那天晚上她焦急地在厕所门口等着我，看我狼狈地低头出来以后，急忙扶住我说了些安慰的话。后来她带我走到酒店楼顶，一阵凉风便能让醉意全消，我一直都低着头，不敢抬头看她。楼下是同事们的欢呼雀跃声，视线的前方是鸣笛的车辆，我们两个安静地一前一后站着。我上前一步对着悬空的世界大吼了一声，吼出来的声音好小，小到让菲姐不由自主地笑了出来。对我大声说了句"这个世界从不会背叛你，是你在不停叛逆自己，并且依赖着自己的情有独钟"。

我们不停将自己的独有憧憬强加给这个原本很完美的世界，却从没想过它的承受能力也是有限的，它也会有接受不了的一天。

小时候奔跑的时候总觉得可以快一点，再快一点就能将前方那个人超越，呼啸而过的风是用我们自己的力量带动起来的，而现在只要遇到困扰就会选择放弃。

那么多瞬间对朋友坚定地说着"我将来一定要……"的壮志。千万与百万与十万的差距，我们显得那么渺小。

能不能将永恒定义得稍微短一些，这样我就能好好享受到距离你几公尺所带来的悸动。

5.

一觉睡醒后忽然发现自己身在另一个环境，失去了方向感，我会忽然坐起来。这种事情经常发生在跟爱人去旅游后的酒店，我用半分钟才能将记忆全都恢复。而身处陌生地方时却能很轻易入眠，前提是房间环境稍微好点。

有时候会害怕旁边睡着的是刚恋爱的女孩，我总是在说再见，就跟除夕的时候年龄跟我说再见一样。其实那句再见的意思就是再见了之后也不要打招呼说什么，就像从未相识。

我总是害怕每个月末的到来，所以在这一天我会尽可能放纵自己，去夜总会和商城，去 KTV 彻夜嘶吼，还有好几次将调好空调的车子开到湖边冬泳。我害怕第二天看到重新为一的手机日历时会质问自己，为何总是在原地逗留。

那些所逃避的种种总是会在最快的时间里发生，我将此称呼为红槟。因为初恋女友喜欢喝红颜色香槟，而我极度怀念她的存在，便以此来为自己找乐子。

虽然心里很明白我们未来不会再有任何交集，可是在心里牵绊的那些点滴会一直停留在未来一些小细节里，可能那是对于过去最渺小的见证。

看我过去的爱有多伟大，一边说着要为她生为她死，最后又找理由将她抛弃，似乎感情是最不用负责的，拍拍屁股转身就能当作毫无关系。而她逼不得已停在没有人安慰的路口哭泣，是的，她现在恨你，你后来的每一个电话对她都是最恶心的存在。

我时常还会登录 QQ，看看空间里面的照片，那么多张面孔曾在我生命里出现过，然后在某个时间段交错开来各奔东西。说着不后悔，但其实已经后悔到了骨子里。

可以再久一点，这样荒唐下去再久一点，你所表现出来的可怜让人觉得你很优雅，你所表现出来的不屑让人觉得你有故事，你所表现出来的疯狂让人觉得恐怖。

你，你多虚伪。

6.

时常会以追求完美来为自己开脱，可是在物质面前，所有的不完美都是完美的简称，它们所代表的是象牙塔顶尖让人仰视之象征。

浮花飘在手心，还未来得及将它紧握，它便已经凋谢。好可怕，甚至都赶上了浮夸。

还是会经常到小时候看漫画的那家书店翻看一些书籍，只不过不再像当初那样，没有钱买书而经常在角落里窝一天了。而是跑到朋友已经放假的工作室阳台上，喝着威士忌来享受以及品味。还会露出很得意的笑容拍照发到朋友圈来装高尚，其实那笑容如果仔细看的话，真的还挺假的。

收到朋友的评论以及点赞，心里还有一种虚荣感，这让我想到了奔奔，他每次发完自拍演唱后都要逼着我们给他点赞，然后又截图重发一条满屏头像的消息，说谢谢大家的喜爱。我觉得他无聊，说他这是没自信，他说这是自信的源泉。

酒喝了半瓶已经有些晕了，太阳还未升到头顶，阳光打在酒瓶后反射在了眼角，我将书本合上，看着楼下的人群不断从视线中消失，又有新的人群涌入，从来不会停歇下来。

明天就是除夕了，想将此刻的时光抓紧点，是不是只有喝醉了才会不再想这么多。我与初恋就是那一天分手的。

明天的这个时候大街上的人应该就会少一点。这座城里的人应该会少一点。我会带着此刻心爱的那个人，像个小孩般穿梭在其中寻找逝去的快乐。说不定还能路过初恋哭泣的那个街角，说不定她也会拉着男朋友在那里叙叙旧，我们擦身而过的同时还能够假装笑得再灿烂点。

别来无恙，爱来无恙，恨来无恙，失来无恙，得来无恙，忽然发现这个成语能变换成为太多想要有恙的当下。太熟悉她的嘴唇味道了，如果还能重温，会有多甜我想象不到。我以痛来纪念错失的时光，在所有人都开心碰杯的时候。

将一杯杯小奶油倒入咖啡就会变甜。

这可能是个无知的笑话，我当真了。

7.

我开始变得讨厌数字 7，觉得它并不能带给我好运。

除夕夜的七点，群里的朋友们开始疯狂抢着红包，我坐在餐桌上不停点着，还不时笑出声来。

妈妈一把将我的手机夺走丢在沙发上，往我碗里夹了一块排骨，没有多说什么。

我低下头开始专心吃饭，心思却一直都在手机上。很久没有说话的她不知道是不是群发点错了，发给了我一条祝福，我在想着要不要回复她些什么。

彩色爆竹将黑夜装点，我狠心将手机关掉活在家庭里面。

钱和女人

在跟孤独示弱之前，审视着镜子中轮廓有些陌生的自己，笑不出来，哭不出来，却总是展现出一副丧气模样留给别人。说好要青春无悔，扭过身倒映在视线中的只有正快速传染的一根根不属于这个年龄该有的白发。你明白了，能直接审判自我的只有手表上正在滴答的时间。你害怕了，却还是没有停下来，眼睁睁看着宝石破碎，烛火熄灭，笑容变成不再耀眼的点缀。

灯火阑珊处夕阳被谁的书籍味道熏染，河水下流的声音正为白娥起舞伴奏。是谁在用一杯黑咖啡的浓郁催促深林中野兽睡眠。几坛酒能与浩瀚天地齐醉，听不到的回声最后会成为血液中不断流动的尘埃。

你知道吗？蝴蝶飞不过沧海是因为坠落在了鲸鲨的背。

1.

在路灯变为红色那一刻，静止，像是坠入水中后的波纹消失不见。

时常对自己说，将脚步放慢些，目光中快速穿梭的人群下一秒会在你的视线之外，不舍只是徒增情绪波动加快失态节奏。你知道吗？当视觉产生疲惫的时候，脾气也会随着暴躁，当然，这并没有什么科学依据。只是路过的好几家咖啡店门口，都会有穿着黑色西服的男人捏着咖啡杯咆哮，疲惫的面容让他看起来没有一丝气场存在。总有好多小细节被遗忘在了昨天。

其实这些都不重要，重要的是，再次眨眼已经万天。

历史不会让真实赤裸暴露在我们所能触及的范围内。

好像从来都不知道被大雪覆盖后的石家庄会是什么模样，雪花在随着我的年龄增长开始了躲猫猫游戏。霍金先生去世的那天我去百度搜索了他的信息，他预言说地球会在百年后毁灭，那时候的我早已不存在。只是希望有生之年的家乡可以一如既往保持着十年前的模样。

是的，我不再祈祷它会变得像上海那样繁华，充满无尽魔法气息。

真的很喜欢经常从美国电影中看到的墙壁涂鸦，那种艺术自由气息正是我们所欠缺的。抽象是在无边际的空旷中的摇曳，就算被细雨灌溉也无法掩饰它存在痕迹，若不是亲眼看到的画面，怎么会明白痛快哭泣也是一件比较幸福的事情。

与此相反的就在 DJ 声震天的夜店门口，几个穿着丝袜抽着香烟的美人儿在撩动着自己性感的手臂，她们的红唇在那刻显得格外耀眼，像是待人采摘的玫瑰。

往右靠五十米的路边上是一对摆摊的老夫妻，他们经常会对到来吃饭的人群说着旁边那家夜店出过人命。经常会有人过来闹事可能也就是这个原因。

我见过三个从夜店里出来的年轻女孩，她们走到老头面前，包围住他，用纤细手指点着自己要吃的东西，老伴颤抖着双手在一旁煮着东西，随后扔下勺子转身向我视线的更深处跑去，老头见状快速穿过两个女孩的肩膀向着老伴消失的地方追去。

在这个世界上，也可以没有暴力，错误地运用智商跟金钱也能让一个人走向死局。

这不是错误的真理，而是你根本就没有能力触及所谓的势力边缘。

听妈妈说隔壁邻居家的女儿嫁人了，印象中她是个整天微笑的人。

我想过无数次，成为一个没有记忆的人。

2.

经常会在报道上看到有人自杀的消息，一时的情绪失控就想彻底离开这个世界是不是有些太儿戏？敢不敢为烦恼的事情狠狠拼一把，哪怕这件事在所有人眼里都是错的，总不能自己躲在某个角落里一声不吭地离开，多憋屈。

你不知道在空气中有多少灵魂在看着你，它们其中，有羡慕你的，有担心你的，有诅咒你的，有保佑你的。

小泽站在我右边，我站在大厦顶层，刺骨的寒风吹过，我们眺望着远处，他喃喃地问，什么时候才会结束？你此刻所厌倦的一切。

应该是，大雪将大地淹没。

或者是，你不再认识我。

3.

每当我跟小泽提到高中的时候，他都会让我不要总想着过去的种种，说那样会不断退步。

他仿佛将当时发生的事全部遗忘，可我却总是会在无意间想起。

那个时候的我很喜欢整天都沉浸在玄幻小说的世界里，幻想自己就是其中的主角，总有一天会破劫重生。慢慢地，在所有劫难中看到的只有人性可怕的那面，失望在无所事事听着舍友打呼噜的夜里，总是那样，无论学校用什么办法，卫生间的臭味总会在不出一个礼拜的时间内飘回楼道，然后透过门缝侵入宿舍。

小泽住在我的上铺，我不知道他是不是小时候练过武功，晚上睡觉的时候掉落下来砸在我的鞋子上面，他都只是大声吼叫了一下，在宿舍所有人的注视下，慢慢爬上铺位继续睡觉。

操场右边的篮球场好像从来都是那些调皮孩子们的娱乐场所，只不过从来没有电视剧情中那般有一群女孩守着尖叫。但我好像已经忘记了女孩的学生时期是靠什么来打发时间的，是捧着穿越小说？是在结伴去逛夜市的路上？对了，还有那几个大胆跑入男生宿舍被老师抓住的女孩。可惜当时的我被家里逼着报了课外班，即便是住宿生，很多时候都要在外面度过，现在总是抱怨错过什么。是的，我总是将错过的事情一遍遍怀念自责着。

年少的我们就是这样情绪化，不考虑代价地去做些伤害他人的事情，当时以为是张扬，是轻狂，但现在看来，不过就是小孩子们过家家罢了。

我们当时都把青春比作是已经灭绝的恐龙，会在未来聚会中切身感受着彼此的人格变化，会在社交群里减少聊天信息，会在几十年后不再联系，会被颠覆成为不存在的船期。是当时从北京新来的年轻老师说的。

4.

每当对着屏幕发呆半天而没有一点灵感的时候，我都会有种坐立不安荒废时间的感觉。

多少次这样，我已经忘了，只好戴上耳机听着伤感歌曲，让那个躁动的心安静下来，最好可以哭出来让灵感凝聚。

要么，就是穿上潮装化上一层让自己看起来更加帅气的淡妆冲向夜店，作曲家们都说女人是绵绵不绝灵感的源泉。

当然我也很想看看将车子撞上围墙后燃烧空气的画面，却又怕自己没来得及逃脱，作茧自缚后被烧得脱几层皮的画面太惨。

失去激情的人生就像是电视剧里的行尸走肉，我不断将这段话讲给身边的朋友，让他们想出不同玩法，其中最经典的就是在凌晨之后，一个男孩带着一个女孩玩城市漫游。

那一个夏天，我们玩得那么疯狂，疯狂到整座城市都是我们的娱乐场。

5.

她说想让我尝试角色互换。

我同意了，在下午五点四十一分。

我知道了自己的可怕之处。

却还以此为乐深陷其中。

像我，像我这种，像我这种男人。

原来真的不值得用心去爱。

6.

我拥有的第一副抗噪耳机，是用了一个月工资买的。

整整煲机一个礼拜，也听不出跟不煲前有何区别。

每天上班的路上戴着，吃饭戴着，睡觉都舍不得将它摘下。

两个月后将它丢在了房间角落，不再拿起。

在网上看到喜爱歌手出单曲时，会毫不犹豫下载下来。

一整天都在循环中度过，直到将旋律背过。

向右滑动点下红色删除按钮后，继续下一首。

我不知道我们是不是都一样，但我觉得这是孤独的一种。

7.

你总是要看我昨天写的文章，然后说写得太抽象了看不懂。每次我都会心里一颤，但是不会对你的评论发表任何意见，因为有几万个句号前面都能看到你的影子，何况，都已经不再重要。你不知道我曾在备忘录记录了多少点滴，你也不知道大大咧咧的我背后会对所有事情如此敏感，你更不知道我对她的爱已经超越了过往的每一个人。

快乐是要发自内心的。这句话好像小学课本上就读到过。

无论是在什么场所，无论面对的是什么人。

一次，两次，无数次没有意识循环下去的我们，只有面对哭的时候，才会是真正发自内心。

后来我为你多少次哭泣是因为听歌时第一个想起的总会是你，这不是刻骨铭心，还是什么呢？

你写给我的最后几句：

翻转着，看不清的迹象，看不清的轮廓，该在哪里寻找内心的那份宁静，似乎是静的，却又是滚烫的面容，这种交错的不是错觉，像是迷醉的样子，又不愿意清醒。

心静到掉针都是那么真切，冰冷的面容无法展示，惊魂，神奇，又有一种想要呐喊，喊破喉咙却发不出一点点声响的着急。

渗透心灵的东西在眼球的转动中感受到了它的存在。忽隐忽现，估计不到下一次显现的时间。灵动的下一秒又不知陷入了怎样的沉思。像是倦了，困了。

描绘着春暖花开的样子，悸动的心灵又开始了它的跳跃，在哪一方，寻找到存在，在哪一方看到突兀的"爵迹"。

骇听大海的声音，涌现的一瞬间的海潮，谜一般的行踪，不见长尾的退浪。遐想着，扑面的风吟，无尽缠连的海底世界的嘶吼，温情。

尖尖角上的我和尖尖脚下的你。

8.

曾经想过可以像那些人一样，只需简单往背包里塞几件必需品，就可以开始一段翻越峻岭划过深海的旅行。可回到现实当中就是钱花尽的前一天就必须返程回市里继续找工作上班。终归，我只是普通到不能再普通的那个人。

当我真的到了重庆，我就想永远扎根在这里了。应该不会有厌倦的那一天。

喝得越醉，早上清醒得也就越早，这已经成了我的个人习惯。打开电脑玩了局《英雄联盟》，不出意外地赢了，可能对面都是新手吧。这个时候外面下起了雨，耳机中的音乐播到了《成都》，听不到雨声却感觉到了它击打阳台花盆的力度，只是我一动不想动。这样的场景有多少次我也忘了，那么多碎片拼凑在一起形成了此刻的一幕。记得在老家的那些年，我总是喜欢在这个时候搬着板凳坐在小庭院里看书，闷热的天气将整个小村庄都包裹起来，这里多安静。

今生最难忘的一次旅行是去福州，上午下的飞机，晚上高烧不退，然后身上就开始长痘痘，慌忙去医院就诊，医生说是水痘。那几天我看到了自己最无助的一面，脸不敢洗，怕哪个痘痘破了毁容。晚上睡觉喜欢翻来滚去的我被两床大被子紧紧夹在一起，害怕滚得太重了一下破好几个痘。痒得受不来时就打游戏、打电话、吃零食来转移注意力。整整一个礼拜。拜托，我是来旅游的好不好。

9.

家中的小书柜中，已经堆满了各种各样小物件，它们或廉价或奢侈，在我这里都象征着爱与自由的过往。都是经历，都是故事，为何我只敢偷偷对着电脑屏幕诉说？却从来都不舍得将这些拿出来跟朋友分享。

大家都说不要记恨岁月，那将会是件徒劳无功的事情，我却做不到，甚至还想狠狠戏弄它一番。

所谓的怀念，到了某个年龄好像就会成为偷偷去关注，而不忍心去打扰。

我不是个会经常翻看朋友圈的人，只是会在某个无聊的阶段去搜索某个人的，看看她的近况。她出去旅游了，她交了新的男朋友，她发烧住院了，她还是那么青春动人。

所谓的怀念就成了纪念，朋友圈子越大，失联的概率也就越大。我们都成为彼此社交工具中的一个名字。

我很笨，真的不知道该用什么办法让友谊长存，虽然我每到一个地方都能因为自己性格直爽交到些真心朋友，却摆脱不了一旦离开，一旦不去那个地方就会将他们遗忘。好比某个我曾暗恋过的女人，此刻我忽然想到了她的名字，如果不去微信上搜索的话，我真的已经不能透过记忆联想到她的模样。

我用了第二个手机之后，原来电话通讯录里好多人都没有储存。每次打电话的时候看到是陌生号码，我都会用试探性的语气跟对方聊几句，而不会直接问对方是谁，害怕万一是过去熟悉的朋友，知道我没有存他的电话号码，而感到失意。

都说声音是不会变的，却有好几次都是跟对方亲切地聊着，却没有猜到对方是谁，直到要挂电话的时候，我才试探性地问对方一些近来信息，试试能不能猜到。是的，我就是这样善忘。

10.

她说，所有关于爱情的动作，你都可以再用力一点，只有这样，才能让彼此记得对方的时间再长一点。

世界本蛮荒

1.

广场的钟声敲响了。

我醉醺醺站在下面。

指着它，咒骂它。

我像个傻子，它像是老者。

每次喝醉后都不愿回家，双手插兜游荡在这座城市的某个角落。

感觉不到疲惫，感觉不到寂寞，感觉不到失落。

总感觉这个时候才是最清醒的。

2.

被雨水淋湿的街道会显得有些深沉，只有在这个时候，它才会向人们展示它已经度过了一个世纪。

别轻易说出永恒，你在被死亡倒计时地活着。

月光将黑夜轻易暴露在视线里，一年只能遇到几天这样的时光，还是在郊区。我怀念那段站在房顶就能摸到星辰的日子，即便只能怀念，也很开心。在十七岁身体里跳动着的是一颗最炙热的心脏，闭上眼睛，除了动物欢快的叫声，剩下的，就是它期待情人来抚摸它的执念。

而现在所处的繁华都市从来都不屑于月光来将它照亮，它本身所散发的光芒是强大的，是任何外物都无法阻挠的。我已经忘记它是从什么时候崛起的了，就像我从来都没在意过它的存在一样。

我觉得我还是喜欢小城市十点就结束的夜生活。跟爱人蜗居在二十七层高的阳台上，空调二十四小时将暖风吹出，俯视楼下逐渐熄灭的灯光，最后让黑夜还原了自己本身的耀眼。

女朋友说过，她觉得黑夜比光明要温柔太多了。

看着窗外的夜色，我产生了幻觉，觉得它是一团实物，打开窗户就能清晰感受到它的存在。远处的闪电将天空劈开了一道骇人的裂口，如果有一天我们的科技能研发出超越光速的产品，能不能穿越那道口子去另一个未知世界探究。

提起另一个世界，我想起白天美玲说过的一句话，有人在生活，有人只是活着。

我也希望下半生笑口常开地活着，就这样地想着，雨滴打湿了玻璃，女朋友的眼泪打湿了我的胸膛。

已经上千次幻想过纸迷金醉的诱人生活。

却发现，每幻想一次，只会更颓废一次。

外面的雷阵雨模糊了视线。

幻想与现实最后终会交接，成为下一代所要经历的。

3.

女友是从美国留学回来的，骨子里忽然之间透露出来的气场，足够将我瞬间秒杀。

从她的 Instagram 里面，我看到了另外一个跟此刻乖巧女孩不同的那面。

为何总感觉照片里的她要比本人性感多了。

她回国以后在家里宅着写写程序就能有大笔收入，可我发现对她而言，再好的车子都跟出租车类似，她毫不在乎。

她夜里拽着我去过酒吧，没几分钟就出来了，说感觉里面的人都好假，无聊。

她吵闹着要跟我一起写小说，我说你随便写吧，写完插到我的书里，结果她写出来的全是那种让人看后感觉心里暖暖的文字，跟我的笔锋完全相反。

她是名媛，却不想每天身处那种言不由心笑得很是勉强的圈子。

我知道她现在是因为身处北京才会变得如此。

如果让她回到美国，她会立马变成一个我感到陌生的人。

顺着我胸膛流下的那滴眼泪，应该就是女友口中所谓的暴君惋惜。

她将暴君抹杀在了疯狂成长后还没破洞而出的摇篮里。

在那里，血腥正在被美好不停占据着。总有一天，它会灰飞烟灭。

只是，在 8400 英尺高空所涌动的民航里，时刻都载留着她身体的另一半，未曾消失过。

4.

我想玩一场游戏，

重新洗牌，

没有什么新的局势能打破传统

那不按常理出牌拼个你死我活的斗争呢？

曾经有段时间，经常会参加一些知名会议。

坐在黑暗的角落里，听着台上企业家义正词严地说着现在的社会经济立场，怎么做是对的，怎么做是错的，听了让人很是热血沸腾。

但有些也只不过是一些空话，成功的秘诀很难与人分享。

后来又看了一些互联网书籍，觉得书中说的往往赶不上市场的变化速度。

怎样才能在整个中国布局下玩场游戏，是我看完那些书籍后所想的问题，可是我的脑容量小得惊人，到了最后肯定也就是想想而已。

总感觉我们就是那些互联网大佬的棋子，他们在对弈，我们在觉得自己占便宜。

这就是视野吧，有人看的是中国地图甚至是世界地图，有人看的是市区地图，走不出那个框，最后只能失败。

如果所有话语让某些人看了觉得很是搞笑，很抱歉。

我只是个局外人，在写局外话而已。

5.

无聊、疯狂、无助、虚幻、真实、似梦。

谎言、荒唐、浮夸、梦想、挣扎、青春。

在我的书本里面，这些词语的存在都在演绎着自我代言的精彩，淋漓尽致。

属于它们的特有镜头，在一页一页地引人掉入陷阱。

所有一切都是虚构，却深深沉醉于一篇篇故事里面，因为我是唯一的主角。

写书人究竟有多么无聊，没日没夜沉醉在他人经历的情节当中，帮忙还原。

不过是由他人铺垫，华丽显摆了自我有多高尚，跨越章节，让人嘲笑结局有多可怜。

后来我开始怀疑，究竟是我在写文字，还是在被文字拖着前行，因为一切都在向着不糟糕的方面发展。

无法摆脱内心困惑，一切的一切都像是经历过，接下来我还可以写得更加抽象点来掩饰内心的不安躁动。

如果能有读者闲来无事来挑逗我，辱骂我，夸奖我，消费我，这应该是我的一种潜在的荣幸。

如果此刻这样一直写下去，跟丢入文件夹一个月后重新下笔，是不是会有两种不同的下一句。

不如跳出这一框架，换一个新的形容词去描述，我今天身在雾霾密布的石家庄，靠在阳台上俯视还未来得及被完全腐蚀的建筑，是不是显得有些多余。

书名暂拟，封面未定，我还身处为自己布置的小说里。

华丽的梦，无底的洞，如果身在百万畅销系列排行里。

6.

成功的标准是什么？

应该不是你将自己的钱财耗尽去追一个漂亮女孩。

有些人，我很不能理解，为什么他们总是不想着好好上班，而是想着怎么去追女孩，追上后就在朋友圈里得意炫耀。

结果，没几天就被人家甩了。

爱情跟面包。小时候一直都觉得爱情比较重要，现在想来，有这个想法是因为当时我还不知道长大后男人要挣钱养家这个道理。

我忘不了那段明明寂寞得要死，却还是选择每天一个人坐在电脑跟前写作的场景。

一旦我选择了摆脱寂寞，那我的灵感便会在甜蜜中全部死去。伤感加寂寞，是我的写作方式。

心里很清楚自己并没有挥霍的资本，手中那些小钱都经不起挥霍。

完美的女孩无论走到哪里都会被一群男人追捧，如果追捧者里面都是有本事的男人，那你可就真的要小心喽。就算爱情能抵抗岁月流逝还保留着初心，但这已经不是那个思想封闭的社会。

我相信爱情。也相信爱情太容易被击垮了。

7.

可能就是因为现实太真了。

所以那么多人才喜欢沉浸在影视情节里。

但如果换种想法，人生同样也是一场有结尾的梦境。

影视剧情可以被每个人根据自己的意愿无止境地描绘下去，能让主角甜蜜到永恒。

而我们一旦死去，便是无法扭转的结局。

8.

那些曾经热衷于潮流的人，已经扑向了两点一线能看到尽头的死亡里。

我上学那会不懂什么是时尚。只知道把头发留得长点，裤子穿得瘦点就不会垫底。

有些同学会把自己打扮得很特殊，以此来吸引大家关注，比如染个头，钻个耳洞。

而现在的他们穿着简单的牛仔裤，穿着跑长途货车时穿的大衣，头发普遍剪成了短发。

而我慢步伐地追上了每个年龄阶段该有的潮流态度。

信用卡刷着最新款的电子产品，贷款开着自己觉得酷炫的车，用一个月工资买一身品牌服装，还有不仔细看根本就区分不出来的奢华手表。将自己包装到完美无瑕的地步，但其实我就是一具空壳而已。

经历了很多事情，它们将我身上不应该存在的棱角全都一一展现出来并且磨平，或许也只有在压力下，才能尽快成长。

家人很不理解我这样做的苦衷，后来说的次数多了，发现不管用，也就随我怎么折腾了，他们想着只要我不做违法的事情就行。

而我已经忘记在以往的岁月里深藏了多少不可见人的秘密，所以我不敢轻易回头，无论发生了什么都选择义无反顾地继续走下去，甚至把错都用谎言掩饰。

而那些谎言在随后的时间里一分为二：一半是庆幸，一半是恐慌。无法用其他办法将它们消散开来。

我曾是某个人眼里的天使，后来她将我硬生生逼成了魔鬼。

我发现魔鬼这个角色更加适合我，就算是痛也可以两败俱伤地痛。

于是我将这个角色发挥到了极致，到没有退路。

我跳下了悬崖。我扼杀了魔鬼。我迷失了本身。

一个放弃这世界的人是最可怕的人，他可以无所畏惧。

同样也是最可怜的人，其实他是被这个世界遗弃了。

忽然发现我就是这种人。

9.

"很喜欢冬天的夜晚，透过大厦玻璃看着白昼提前入眠，下班后能很好隐藏在看不穿内心的街道上。"这句话是我在回家路上写在备忘录里面的。就是忽然觉得对时间的感觉有些模糊了，更像是上班上傻了。

每天都在策划着不同活动，写着文案稿，再找老板进行审批，不合格就熬夜修改。我很怀疑自己这样下去的意义是什么。

石家庄这座城市，我说不出它哪里好，也说不出它哪里不好。

不管身在其他哪座城市，只要在网站上看到它的名字，我都会不自觉点开。

它再怎么坏，再怎么令我失望，我对它都是有感情的，因为成长。

说心里话，我并不希望它发展得太快，因为我害怕会因此有陌生感。

地铁已经修好一年多了，共乘坐过三次，在拥堵的高峰期。

当我能感觉到秒钟在随着脚步流逝的时候，我开始害怕一个人独处。

它拿着一把看不到的匕首一点点在生命尽头切割着，什么时间段里快，什么时间段里慢，都不需要提前打招呼。它是我们永远都无法侵袭到的存在，它是杀人狂魔，它该在宇宙之外被判处无期徒刑。

将学到的知识全部忘记，将经历的故事全部删去，放松在自己的世界里。百年后都会被忘记，在年月日开始逐渐失帧的网络世界，干扰信号的装置已经迫不及待想要代替。

在卧室的灯熄灭之前再次祈祷。

三年后我不会活在能看到十年后的空间里。

10.

我想穿上你最爱的那双帆布鞋踏入礼堂中心，与你起舞，却被保安拦截在了外面，他说这里不适合尘埃覆盖的人群进入。就像阴影永远都不会被我们正视，阳光无法将它毁灭一样。

无可挑剔的名画需要用等价的物质去交换，它们那么完美，那么珍贵，拍摄在了杂志当中被万人抚摸，被最后一人永远保留在了常人无法看到的地方。

上帝将所有人按照数字形式标上了记号，它允许小规模跨越，却杜绝一步登天的现象发生。

它觉得拥挤进来的婴儿太多了？那些是该被放逐在认知以外空间的人群。

没有人愿意被遗弃在不见光的角落里死去。

被噩梦惊醒后我总是在伸手不见五指的黑暗空间里听到无助呐喊，

像是一张年代已经久远的 CD 无意间进入我的意识世界，噩梦是启动它的按钮。

有时候我反而期待噩梦进入来启动它，好让我更加容易弄清楚它传来的意义。

长大后发现不会经常做噩梦，甚至是做平常梦了，对它所传递的频率开始逐渐陌生起来，直到最后完全忘记。

我总是喜欢在文字里解剖自己，当空到不能再空的时候，才有勇气格式化一切继续去经历新的喜怒哀乐。

写文字的纸张被撕碎到再也拼不起来之后，随风飘向这座城市不同角落，被雨水冲刷，被鞋子踩烂，被小狗吃掉，被保洁清理。

这个圈子里，没有人会真正在意你的存在。

就像刻印名字的名片会经常被丢进垃圾桶里一样。

11.

小时候并不害怕孤独，因为电子游戏能占据我的全部世界。

通宵玩网游的场景我都还记得，那是岁月里最无聊的时光。

现在已经很少对哪款游戏上瘾了，那些孤独趁这个时候全都涌向了心头。

我才发现，原来人这一生，所有情绪，全都逃不掉。

可能这些只会发生在我们的青年时代，背影充满朝气同时，还多了一丝什么。

在孤独的世界里，你永远都只能是配角。

被主角尽情欺压着。

被同是房客的情侣排斥着。

被急速的跑车撞向了只有引擎声的隧道。

被电影结尾时候的音乐拉向了空虚最深处。

　　它是我内心深处最大的敌人，不断逼着我向后倒退，直到没有了丝毫光点的黑暗最深处。在那里，我就像是一个罪犯被不断审讯着，直到最后成为没有思考能力任人摆布的玩偶。

　　所以我谈过很多次恋爱。

　　可能孤独只是此刻的一段过渡。我只能被动过渡。

　　如果天空下起了雨，能不能打起伞送我走一段路。

　　报酬是，讲一个让你笑到忘记烦恼的故事。

12.

　　老家门口外，轰然倒塌的围墙。

　　它会哭吗？看着铲斗由上至下将它推倒，我会感觉鼻子酸酸的。

　　从我记事起，它便一直都存在。

　　那还是儿时调皮所留下的证据。

　　还记得拿红色粉笔在它身上写下悄悄话。

　　经常在酒醉后将透明液体撒在它的身下。

　　复日复年，从来没有想过它会比我先一步离开。

　　还是在我放假的三天时间里，多么讽刺。

　　是不是该有人笑话我太做作了，连我自己都这样觉得。

　　它不就是一堆烂石堆砌起来的。

　　然而我也只能这样安慰自己突如其来的悲伤情绪。

　　我养过一条小狗，在它最后快要死的时候，妈妈把它丢进了垃圾堆。

　　它回家后我连忙跑过去叫它的名字，它倒在地上小声哼着，眼睛已经看不到了。

　　那是我第一次为一只动物哭泣，当时才十一岁。我自己都不知道为何眼泪就不争气地流下来了，这种情绪是瞬间降临的。

　　年幼时候的我，从来都很脆弱，一点小事都可以让眼泪轻易流下来，不受控制。而如今只有心甘情愿流下的泪水，我不会被外界事物所影响。或许对我而言，如今的这个社会太冷了，或者说是我之前的生活圈子太小了。

与时间对弈，永远都会是一盘死棋。天空中的候鸟双翼张开，剪裁着气流飞过视线，它见证了很多孩童的成长，却没有人会正视它的离去。

许嵩的歌曲里唱道："不要等到全球变冷才觉不妙。"

13.

我的人生观到现在都还是残缺的。

不知何时才能健全起来。

14.

慢慢地，我变得不会安慰别人。

以为能写出很多悲欢离合，以为经历了太多感情上的喜怒哀乐，就能算得上是位刚刚及格的情感专家。可当朋友们跑来向我倾诉的时候我才发现，我的那些心灵鸡汤帮不了任何人，只会让他们更加痛苦。

好像，最好的办法就是硬撑到极限的时候，自然而然选择放下。

15.

有很多人我想要靠近，却发现越是靠近越是疏远。

我明白了，因为我们身处两个世界。

带着光环的世界和背后暗淡的世界。

两者就算有交集，也不会有共同话题。

之前在北京因为工作原因加过好多歌手跟模特的微信，过后就很少再联系。

在我回石家庄做回原来那个我之后，我发现自己已经跟北京的那些女孩们完全脱轨了。她们是在往上爬，而我已经跌落成了她们都不屑于认识的路人。

可能这就是所谓的人以群分吧。

所以没有错的都是现实。如果她们在这个时候还要继续跟我交朋友，我打心眼里就会觉得她们不知上进。在媒体上看到熟悉面孔时，我的心从来都是失落的，我没有为她们感到高兴过，只是为自己感到可悲，身为男人，居然连女人都比不过。

开始——屏蔽了她们的朋友圈，开始不跟她们联系，就跟从来没有认识过一样，却没有勇气将她们都删去。

心里有多失落，能有多失落，都是自作自受后的不知所措。

16.

是不是，当一切悲欢离合都经历过了，心就会重新有频率地跳动起来。

有一句话，"人生是一场由生到死，由死到生的旅程。"

我猜想那个死可能是将所有一切都经历过后的绝望，尽管潜意识里我还是觉得在未来我还会死很多次。

话都是听说，自说。只有经历了才知道这其中的因果。

究竟什么时候才算是真正的成熟。我总是在失去理智之后思考这个问题。

其实说白了，就是情商太低，如果不是现在这样，我也不至于落得如此下场。

究竟该在掌心里将什么填补，才能将羞涩轮廓下的青春痕迹全部消退。我只能在不停回首中将迎面而来的浪潮用手臂遮挡。

有时候会感觉所有的城市都没有沙漠繁华。在那里，人们会知足常乐，会在意识模糊之间想要把这里变得绿林繁盛。

只有在真正看不清楚自己的时候，才会知道后半生所需要的并不是斗争，而是和平。

逐渐催人老的不是岁月，而是意境。

我们时刻都在期待着美好事情的发生。

从而将当下一切化为可有可无的习惯。

拥有了，便不在乎了，失去了，忽然间慌了。

人类无法探究出动物肢体再生的特性。

就像动物害怕人类再次将世界带入蛮荒。

17.

穿西装的不一定是老板。

大多数人都未来得及去花十秒钟了解一个人，就用自己独特的判断轻易下了结论。

18.

我跟很多女人谈过恋爱。

可我一直都觉得自己只爱过一个人。

并且，好多女人的名字我早已经忘记。

就算拿出她的照片，我也还是想不起。

我做过好多不为人知的坏事。

当然，都没有触犯法律。

我看了太多事情发生。

能做的只有闭上眼睛仰头前行。

我不是在传播负能量，而只是将自己的感受说出来。

我只是在随着命运划给我的轮齿走下去，说出来连我自己都觉得牵强。

矛与盾。暗与光。我自身所讽刺出来的无妄。

锋对利。嚣对狂。烧不尽的野草在跋扈生长。

19.

她的生日是正月十九。

我不知道自己会在什么时候忘记。

20.

你爱我吗？

我爱你。

一次次吵架的时候有想过我的感受吗？

你呢？说了多少遍了，别再跟别的男人聊天！

我们就像一块吸铁石，原本是很美好的一对，不知何时被摔断开来。

就算再连接一次，也是变质的另一半。

我们的过去如此清晰，我们的现在如此迷茫，我们的未来更像是雾霾最严重时候的石家庄。

电影院幕布上所播放的剧情，投影在脑海之后，所想到的从来都不是对方。这样下去是一厢情愿，还是互相折磨，只有当事人知道。

别再探究爱情了，二十多年我感觉对它越来越陌生。

其实我写小说目的只有一个，摆脱它，抓住它。

我被它推向了一条看不到终点的赛道，一路上被贴了太多质疑标签。

所有的辩解都很徒劳，我只能将此装在一篇篇的章节里宣泄。

这么说的话，对不起，是不是让你对这本书有些失望了。

最终章　尘埃自由，皆为幻梦

四周豪华轿车　超模

仿佛处在另一个陌生世界，迫不及待想要取代他人。

年华逝去，青春流走，开始觉得对这个世界的概念模糊。

多少年前觉得可怕的未来，正在逐渐接受甚至习惯。

致终将颠覆的年华，再回头张望时，觉得只是一场笑话。

如果能高调地

跟这个世界叫嚣

我一定不会选择低调

　　空间流逝会将回忆快镜头记录，就像是在高空俯视录制这座城市的车辆来往，然后以我们能看到的快进形式播放。没有特异功能将最美好的画面在脑海录制重播，所以自始至终都没有我们每个人最想要的结果。当你的酒喝到七分醉的时候，会只想一件事情，而那件事情就是你最重要的事情。我的心事是一个女孩，我知道这会成为自己一生的阴影。

　　都说爱一个人最好的方式就是不去打扰。

　　可我总是天真地安慰自己，欠你太多了一定要还。

　　然后找各种理由去介入你的生活，还如此地冠冕堂皇。

　　最后像是在一次次尝试将锋利刀子迅速刺入心脏。

再缓慢地拔出来，很痛，痛到了眼泪都不能形容。

也很享受，傻笑，包扎好伤口准备下一次的涌入。

爱是自私，自私却是常态，觉得爱情就该是疯狂享受。

自欺欺人，成了最佳代言，即便遍体鳞伤也不该后悔。

可连闭上眼睛都会出现你剪影的黑暗，形成了爱与被爱的绝对落差，更像是被困在了没有锁链的牢笼，用尽全力逃脱都白费。放我挣扎，被你操纵，这难于跨越的爱，早已上瘾。即便句点是一败涂地，也想反道而行深陷这令人神秘的错觉。在与你初识的那条路上，我将汽车开到极速，任由眼泪在眼角坠落。

双手扶着方向盘，眼眶里的眼泪像是永无休止的泉水冷静地外涌着，问自己这样做是在更加想你，还是在将你忘记。

我不是冲动，也不想作死，只是想跟过去有个告别。

始终都不明白为什么年龄逐渐增大，原本清晰的四周，被逐渐形成的浓雾包围，仔细安静下来感受，连自己的呼吸声都听不到了。

当视线里的彩色逐渐被黑白代替，深夜里曾出现过的一次次陌生欲望扩展而出的激情、鲜艳和美丽让我沉沦，可伴随着太阳升起，这些感觉都在逐渐撤离。

慢慢地，仿佛失去爱的能力。

在暴风雨来袭的夜晚，习惯性张开双臂，将整个心都游荡在海岛的波浪上，随风翻卷几番，再狠狠拍碎在岩石表面，留下几秒钟的泡沫。星空下流淌下来的月光在这时格外耀眼。

当执着逐渐形成了任性，随着冰冷的轨道蔓延，被伤得越痛越要享受这份难得的挣扎。只因始终相信我们的故事该有一个完美的结尾，不该就这样画上句号，我知道句号指的是一生。

逐渐暗淡的伤口最后淡化成了疤痕，人人皆有。在离开这个世界之前能看到多少个雷同的情节？所有人都在不断受伤，最后有几个能将自己心脏外的薄膜捅破，哪怕过程是野蛮的，也不要最后带着遗憾埋进坟墓，没有下辈子供我们挥霍了。

别说我们还年幼，只是想趁着还能疯狂，将已经流逝的时间追赶上。

当一次次在餐桌上，像个优雅绅士把玩着手里的酒杯，宝石红颜色的酒精让我没有了食欲，失去了力气，沉沦了思绪，不愿清醒过来。然后再做个旁观者，目睹着这个陌生的我，嘲笑着这个挣扎的我。哪怕平凡，也不愿被时间将坚挺的后背压得佝偻。

生活如同剧情。

剧情如同生活。

故事就这样写着，发生着。

剧情就这样忆着，敲打着。

等到某一天忽然醒来，还被覆盖了。